글이
안
써지세요?
저도요

글이 안 써지세요? 저도요

글 쓰는 마음이 아무리 꺾여도

글쓰기의 기쁨을 잃지 않는 법

정지음 지음

ORIGINALS

그럼에도 매 순간
글쓰기를 선택한 나에게

오랫동안 글을 쓰고 싶다고 생각만 해왔다. 아무것도 쓰지 않으면서 내 이름이 찍힌 글들의 모습을 자주 상상했다. 그러고 나면 왜인지 누추한 기분이 들었다. 꿈을 갖는 건 좋은 일인데, 글쓰기에 대한 작은 동경과 소망이 누굴 해치는 것도 아닌데, 왜 이렇게 부끄러운지 알 수 없었다. 나는 그게 재능이 없다는 증거라고 확신했다. 재능이 없으니 자신감이 생길 턱이 있냐고, 스스로를 의심했다.

　　그러나 실은 내가 거짓말을 했기 때문이었다. 나는

언제고 기회가 되면 글을 쓰고 싶은 사람처럼 굴었지만, 사실 쓰는 사람이 되기보다 내 필명을 붙인 번듯한 작품을 갖고 싶은 것뿐이었다. 내가 쓸 수 있는, 쓰고 싶은 여러 가지 글들을 원하면서도 그 과정을 원한 적은 한 번도 없었다.

과거의 내게 글쓰기란 일종의 투자였다. 그러니 고만고만한 글이 완성될 때마다 화가 나는 것이었다. 원금도 보전될까 말까 한 무의미한 행위를 지속하고 있다는 의심 때문이었다. 그럼에도 나는 자주 긴가민가하면서 계속 썼다. 써야 해서 쓰고, 쓰고 싶어서 쓰고, 쓰기 싫어도 썼더니 어느새 의심은 사라져 있었다. 나는 이제 글쓰기를 당연하게 받아들일 뿐 그것의 의미나 효용에 집착하진 않게 되었다.

그럼에도 《글이 안 써지세요? 저도요》 연재와 출간을 제안받았을 때, 가장 먼저 든 생각은 '내가 과연 글쓰기라는 대주제를 소화할 수 있는 사람인가?'였다. 당연히 할 수 없을 것 같았다. 골방에서 혼자 계속 쓰는 것과 그 과정 혹은 당위성을 설명하는 건 아예 다른 층위의 일이었다.

그럴 때마다 편집자님의 응원에서 용기를 얻었다. "작가님, 이 책은 '글을 끝내주게 잘 쓰는 법'이라기보다, 글이 너무 안 써질 때의 고민과 공감을 나누는 작업이 될 거예요." 과연…? 그렇게 생각하니 할 말이 많겠다는 생각이 들었다. 글이 막힐 때의 답답함, 스스로에게 실망할 때의 자괴감, 그럼에도 불구하고 다시 키보드 앞에 앉게 되는 그 묘한 강박 같은 것들. 이런 이야기라면 나도 할 수 있을 것 같았다. 아니, 누구보다 잘할 수 있을 것 같았다.

그러나 호기롭게 가능하다고 외친 것에 비해 진행은 더뎠다. 머릿속에 하고 싶은 말들이 만두소처럼 뭉쳐져 있는데, 막상 만두로 빚자니 다 터지고 마는 느낌이었다. 나에 대해서는 아무 말이나 할 수 있는데, 글쓰기에 대해서는 무어라 단언하기가 매번 조심스러웠다. 그래서인지 글로 태어난 문장들을 봐도 만족스럽다기보단 알쏭달쏭했다. 이 글은 좋은가? 혹은 누군가가 좋은 글을 쓰는 데 도움이 되는가?

고민이 많았기 때문인지, 솔직하게 말하자면 지금까지 쓴 에세이 중《글이 안 써지세요? 저도요》작업이 제일 힘들었다. 실제로 울진 않았지만, 입으로는 "흑흑. 흑흑" 우는 소리를 내며 쓸 때도 많았다. 직장을 그만둔 후였으니 물리적으론 자유로웠다. 하지만 내면적으로는 끊임없는 자기의심에 갇혀 있었다. 쓸 수 있는데 쓰지 못하는 것, 써야 하는데 쓰지 않는 것에 대한 죄책감이 점점 커졌다.

때로는 일부러 자기의심의 먹잇감으로 날 내던지기도 했다. 자학에 뜯어먹히고 있는 동안에는 작업이 멈춰도 부채감이 들지 않기 때문이었다. 글을 쓰지 못하는 이유를 '재능 없음' 한마디로 정리해버리면, 너무 명료해서 반박할 의지가 생기지도 않았다.

스스로를 이리저리 굴리는 사이, 글쓰기는 점점 먼 세상의 재미없는 일이 되어갔다. 그러다 '노잼'의 정점에서 마침내 깨달은 진리 하나는, 글쓰기는 애초에 즐거워지려고 하는 일이 아니라는 거였다. 글쓰기가 나에게 주는 것은 결국 긴 고통과 긴 고통의 끝에서 누릴 수 있는 잠깐의 해방감뿐이었다.

나는 삶의 매 순간 나의 내면이라는 깊은 웅덩이 앞에 서 있었다. 그 속에는 건져 올리고 싶은 보물도 있고,

영영 손에 묻히기 싫은 진흙도 가득했다. 아름다운 기억들, 자랑스러운 순간들, 사랑했던 사람들. 하지만 동시에 후회, 수치심, 분노, 질투 같은 어두운 감정들도 그 웅덩이 밑바닥에서 꿈틀거렸다. 글쓰기는 그 진흙탕에 손을 집어넣어 휘젓는 일이었다. 손톱 밑에 때가 끼고 온몸에 흙탕물이 튀어도, 끝내 무언가를 쥐어짜보려는 지독한 마음이 나를 다시 책상 앞으로 불러 앉혔다.

예전에는 "누가 작가가 되는가?"라는 질문을 받을 때마다 "당연히 글 잘 쓰는 사람이겠죠"라고 대답했다. 그러나 지금은 생각이 다르다. 고통에 만족하고, 보상 없는 고통 속에서도 기어코 자기 자신을 견인하는 사람이 작가가 된다고 생각하게 되었다.

실력은 노력으로 키울 수 있다. 문장력은 많이 읽고 많이 쓰면 늘어난다. 하지만 글이 써지지 않는 날에도 책상 앞에 앉아 있는 끈기, 스스로에게 실망하면서도 다시 시작하는 용기, 아무도 알아주지 않아도 계속 쓰는 그 집요함. 그런 것들은 타고나는 게 아니라 선택일 뿐이다. 매일 매 순간 내가 직접 선택하는 것이다.

흩어진 생각을 모아 질서를 만들고, 말로 표현할 수 없던 감정에 언어를 부여하고, 그 과정을 통해 자기 자신과 세상 사이의 무수한 연결점을 만드는 사람들이 많아졌으면 좋겠다. 오늘도 글이 안 써져 괴로운 당신에게 이 말을 전하고 싶다. 당신이 지금 느끼는 그 막막함과 자괴감은 재능이 없다는 증거가 아니라, 오히려 글쓰기라는 세계에 아주 진지하게 발을 들이고 있다는 확실한 증거라고.

오늘 단 한 문장밖에 쓰지 못했다 해도, 그 한 문장을 쓰기 위해 견뎌낸 시간들을 기억해야 한다. 빈 페이지를 마주하고 앉아 있던 그 시간, 쓰고 지우기를 반복하던 그 시간, 스스로에게 실망하면서도 포기하지 않았던 그 시간들. 그 모든 시간은 우리를 천천히, 고통스럽게, 하지만 확실하게 성장시키고 있다.

차례

2. 마음에서 종이까지 이르는 방법

3. 쓰다가 쓴맛을 느낄 때

4. 계속 쓰는 사람 되기? 어렵지 않습니다

1.

우리

모두

글
쓰고 싶을
때가

있잖아요

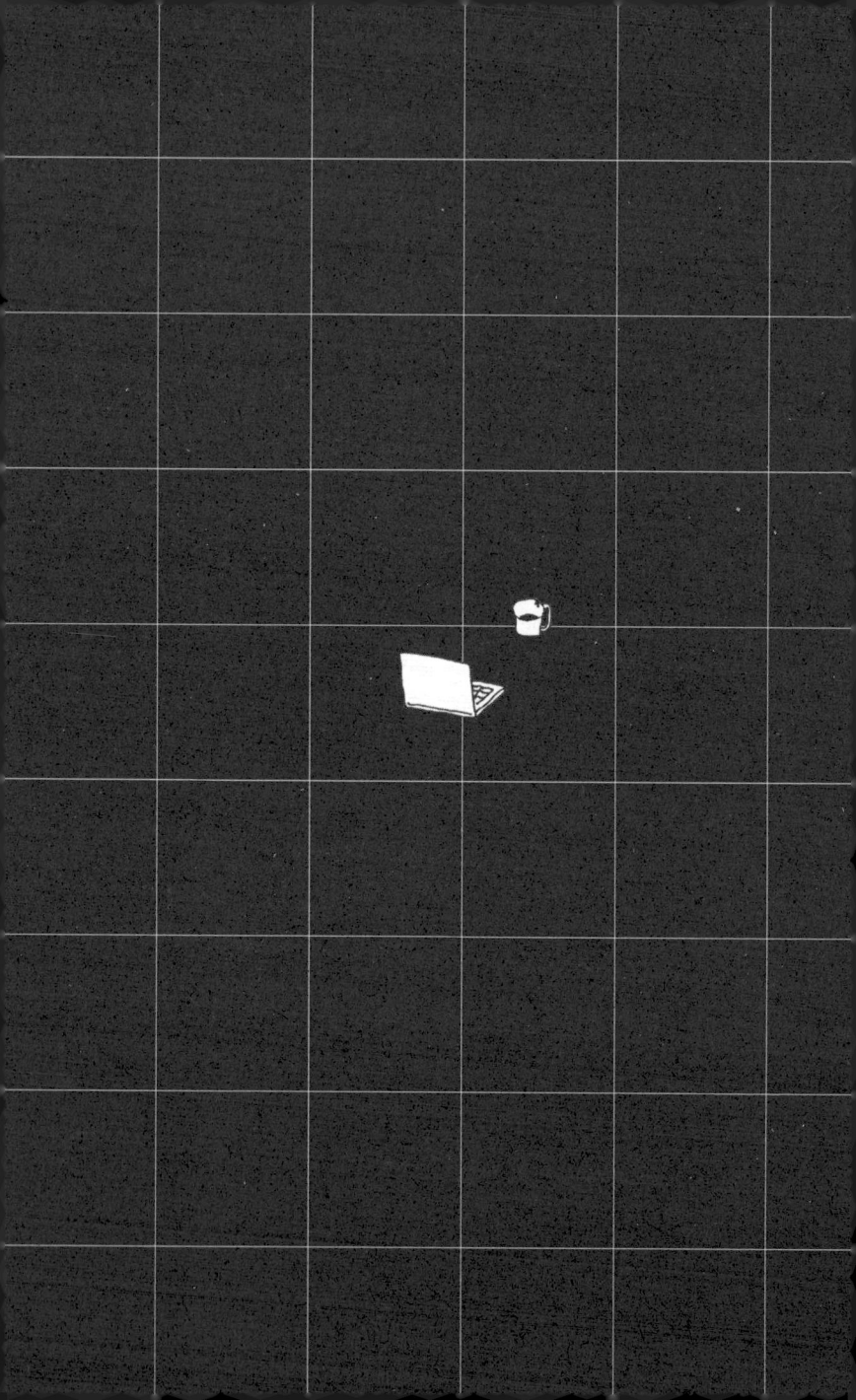

나는 세 자매 중 둘째로 태어나 필연적으로 이리저리 치이면서 자랐다. 햄버거로 치자면 내가 패티이자 양상추, 소스이자 토마토인 셈이었다. 실제로 햄버거 만드는 과정을 생각해보자. 빵은 대충 자리나 지킬 뿐인데, 속 재료들은 철판에 지져지고 채 썰리고 이리저리 섞이면서 고초를 겪지 않는가? 똑같이 생긴 두 여자아이 사이에 낀 내 신세도 꼭 그랬다. 물론 자매들은 "네가 우릴 쳤으면 쳤지, 언제 치였냐"라며 기막혀할지 모르겠다. 그러나 확실한 건 어릴 때부터 그들로 인해 내 복장이 터져 왔다는 사실이었다.

사춘기 땐 서로의 뿌리가 같다는 현실조차 못마땅했다. 나를 낳아준 엄마에게서 꼬마 사탄 같은 언니랑 동생도 나왔다는 걸 믿을 수가 없었다. 언니가 "너는 우리 식구 아니니 느그 친부모나 찾아가라"라고 쥐어박을 때마다 그 말이 반갑게 들릴 정도였다. 아빠가 땡전 한 푼 없이 쫓아내겠다고 노발대발할 때도, 어서 본인이 한 말을 지켜주길 바랄 뿐이었다. 굴다리에서 오매불망 나만을 기다린다는 진짜 엄마 아빠를 찾아가게 말이다.

나는 어린 마음에 역경이 닥칠 때마다 노트에 뭔가를 휘갈겨댔다. 주로 가족 욕이었는데, 동생을 패서 노예로 삼겠다거나 언니를 예수님 곁으로 보내버리겠다(나는 평생 무교였다)는 식의 부적절한 범행 예고였다. 죄송하지만 부모 욕도 있었고, 아무렇게나 지어낸 꿈결 같은 이야기들도 있었다. 요술공주가 된 정지음, 공룡이 된 정지음, 전투기가 된 정지음… 광기의 콩트 메들리 속에서 나는, 무엇으로 살아가든 일단은 외동이었다.

엄마는 내 공책을 훔쳐볼 때마다 심란함에 기절할

글이
안 써지세요?
저도요

뻔했다고 한다. 성미가 게걸스러운 둘째 딸의 앞날을 걱정하지 않을 수 없었다고. 그러나 나는 역설적으로 나쁜 말을 적음으로써 나빠지지 않을 수 있었다. 입으로 나불대는 욕설에는 별다른 카타르시스가 없었다. 가래침 같은 말일수록 뱉고 나면 공허했다. 일회성 배설에 불과했기 때문이다. 그러나 글은 달랐다. 단 한 문장이라도 얼기설기 쓰고 나면 못난 감정들이 나도 모르게 태도를 바꾸곤 했다. 신기한 일이었다. 때리겠다고 쓰면 때리지 않아도 괜찮아졌고, 복수하겠다고 적고 나면 곧 복수를 잊게 됐다. 나는 교무실의 구경거리가 될 만큼 수학과 영어를 못했는데, 그 사실이 딱히 창피하지도 않았다. 숫자와 알파벳으로는 한마디도 할 수 없었지만, 한글로는 끝도 없이 긴 얘기를 적을 수 있어서였다.

성인이 된 후 자매들과의 사이는 저절로 좋아졌다. 그러나 피붙이들과의 싸움이 끝나자 이제는 세상이 나를 시험하기 시작했다. 특히 20대 초중반에는 하루하루가 괴로움의 연속이었다. 이 거지 같은 세상은 나한테 왜 이리 요구하는 게 많은지, 저 사람은 어쩌다 저리 미쳐서 남을 괴롭히는지, 나의 상식과 타인의 상식은 왜 이렇게까지 다른지, 왜 나 빼고는 다 마음까지 넉넉한 부자인지… 매 순간이 도무지 이해할 수 없는 불합리투성이였다.

그럴 때 확 떠나버리고 싶은 세상에 나를 계속 묶어 둔 것도 글이었다. 당시 나는 백지에 울부짖음 같은 말들을 두서없이 쓴 후 찢어버리기를 반복했다. 쓰는 것보단 찢는 데 더 의미가 있는 행동이었다. 놀랍게도 쓰기만 할 때보다 쓰고 나서 박박 찢어버릴 때의 쾌감이 열 배는 더 컸다. 갈비뼈 속에 쌓여 있는 비밀들을 좍좍 찢어 버리고 나면 인생과의 전쟁에서 잠정적 휴전을 따낸 것 같은 안도감이 들 때도 있었다. 그때 짓다시피 지어낸 문장들의 합을 글이라고 부를 수나 있는지 모르겠지만, 어쨌든 글쓰기는 내 삶에서 가장 유효한 마술이었다.

나는 어느새 열받을 때마다 카카오톡 대신 스프링 노트를 꺼내 드는 사람이 되어 있었다. 내용은 별거 없었다. 엄숙할 필요도 없었다. 악필로 획획 써 내려가는 내용이 직장 동료를 풍선에 매달아 오세아니아 대륙으로 보내버리는 소설일 때도 있었고, "오빠나야오빠가방금한말곰곰이생각해봤는데여전히이해가안돼 생각이있는사람이라면그런말을할순없었겠지 그러니까오빠는생각이없는거야 대체왜그런식으로말하는거야? 어쩌구저쩌구" 하는 깜지일 때도 있었다. 내용은 달라도 종이들의 결말은 똑같았다. 결국 모두 박박 찢겨 쓰레기통의 먹이가 된다는 것이었다. 지문이 닳도록 종이를 찢을 때마다, 나는 매번 놀라운 해방감을 느꼈다. 정말이지 신기한 경험이었다. 실제로는 아무 말도 하지 않았고, 그리하여 아무것도 해결되지 않았음에도, 탁하고 눅눅하던 가슴 속이 맑게 트이는 느낌이었다.

때론 아무에게도 읽히지 못할 잡문이 무슨 소용인가 싶을 때도 있었다. 그러나 아무에게도 읽히지 못하는 글이란 없었다. 쓰는 즉시 없애도 나 자신, 단 한 명만큼은 그 글의 주인이자 손님이고 증인이었다. 그때는 글 값이 싸도 너무 싸다는 데서 묘한 즐거움을 얻기도 했다. 글 값이 금값이었다면 그렇게 함부로 쓰지도, 없애지도 못했을 것이다. 내가 적어 내려가는 문장들의 무쓸모를 슬픔으로 느꼈을 테고, 결국 아무것도 안 쓰면서 살아가길 택했을 것이다.

게다가 나만 읽는 글은 어떤 순간에도 내 편이었다. 나조차 나를 혐오할 때도, 온 세상이 나를 조롱하는 것 같을 때도, 흰 종이만큼은 나를 외면하지 않았다. 내가 토해내는 사소한 불평불만 하나도 허투루 넘기는 법이 없었다. 오히려 내게 백지와 대화하며 삶을 정돈하는 방법을 가르쳐주었으니 글 값은 싸도 글이 주는 가르침은 비싼 셈이다.

나는 점점 세련되게 화내는 사람이 되어갔다. 코뿔소처럼 들이받으며 감정을 표출하거나 요구를 들어줄 때까지 아이처럼 보채지 않게 되었다. 사소한 말다툼에서 이기기 위해 기를 쓰고 덤비는 일도 줄어들었다. 유치하고 편협한 부분이 완전히 사라진 건 아니었지만, 적어도 백지라는 안전장치를 거치는 동안 할 말과 못 할 말을 분간할 수는 있게 되었다. 종이가 보편화된 이후 태어난 것이 정말이지 다행이었다. 일부 귀족만 양피지를 쓰던 시대에 살았다면, 인격 개선의 기회를 누리지도 못한 채 괴팍하게 늙어갔을 테니 말이다.

지금도 나는 글을 쓴다. 쓰는 행위는 더 이상 복수의

도구도, 울부짖음의 용도도 아니지만 여전히 내가 나일 수 있도록 붙잡아주는 기준점이다. 도무지 이해할 수 없는 모든 것들과 싸우면서 화해할 수 있는 방법이기도 하다. 그래서 별달리 할 말이 없을 때조차, 나는 조각난 문장들을 모은다. 말이 되든 안 되든, 의미가 있든 없든, 마구 쓰고 또 지운다.

요즘은 미움이나 분노 대신 사랑하는 것들에 대해 쓰고 싶다는 생각을 한다. 그동안 내 마음을 가득 채웠던 온갖 미움들을 인생의 1막으로 남기고, 새로운 챕터를 열어가고 싶다. 그게 가능할지는 모르겠지만, 그런 마음을 품고 있다는 것만으로도 이미 무언가 달라진 것 같다.

글을 쓰기 전, 나는 스마트폰 중독이 심각한 사람이었다. 주 5일 꼬박 회사를 다니면서도 일일 스크린 타임이 11~13시간에 육박할 정도였다. 나는 중독자였지만 바보는 아니었기에 이 행동이 얼마나 한심한지 잘 알고 있었다.

스마트폰 속 세계는 무궁무진했고, 대부분 공짜였다. 그러나 과금 없는 자유 속에서 이득을 본다는 느낌은 받아본 적 없었다. 화면 속 세상을 탐닉할수록 나라는 인간의 가치는 희미해졌다. 가끔은 내가 진짜로 살아있는 사람이 맞는지 헷갈렸다. 어쩌면 나라는 덩어리도 모바일 속을 둥둥 떠다니는 캐시 값에 불과하지 않을지… 뻐근하게 굳어가는 몸과 함께 스트레스가 임계점에 다다랐을 때, 마침내 나는 글을 쓰기 시작했다.

스마트폰으로 글을 쓰자는 다짐은 획기적이기도 했고, 회피적이기도 했다. 나는 중독을 우회했지만 극복하지는 못한 것이다. 그래도 웹상의 온갖 트래픽을 수용하기만 하다 미약하게나마 무언가를 발산하고 있자니, 기분이 전만큼 불쾌하진 않았다. 침대에 드러누워 엄지손가락만 토도독 움직여대는 것은 똑같았다. 하지만 남의 것들만 멍하니 보다 직접 무언가를 쓰고 있다는 이유로, 나는 조금 능동적인 사람이 되었다.

능동성이란 밖으로 뛰쳐나가 10km를 달리거나, 매일매일 스터디 모임에 참여할 때만 주어지는 보상인 줄 알았다. 그러나 머릿속에 떠도는 생각들을 다듬어 브런치라는 블로그 사이트에 올리는 것만으로도 손쉽게 능동성을 획득할 수 있었다. 카카오톡도, 브런치도 같은 회사의 서비스인데… 한쪽은 몰두할수록 무력감을, 다른 한쪽은

활력감을 준다는 것이 신기했다.

처음에는 모든 글의 조회수가 무척 낮았다. 20회 정도면 게시물 중에서도 가장 높은 축에 속할 정도였다. 하지만 나는 극도의 비인기 상황을 자유로움으로 해석했다. 아무도 안 보니까 아무 말이나 할 수 있지만, 그래도 누군가는 보기에 너무 심하게 난자된 글을 쓰면 안 된다는 정도의 가벼운 제한이 좋았다. 노출이 안 되니 댓글이 달리지도 않았는데, 그 점 또한 실망스럽지 않았다. 내 글들이 웹 구석에 근근이 존재하다가 언젠가 정말 필요한 사람에게만 은밀히 닿을 수 있다면 좋을 것 같았다.

브런치를 시작한 후로는 자기 전 스크린 타임을 확인하는 순간이 편안해졌다. 하루에 10시간 이상 스마트폰을 사용하는 상황은 똑같았지만, SNS 속에서 의미 없이 떠도는 시간이 눈에 띄게 줄어든 것이다. 글을 쓰면서 느끼는 온당한 피로감도 만족스러웠다. 오늘 하루도 스마트폰에 종속된 채 끌려다녔다는 허망함 대신, 내가 스마트폰을 주체적으로 '사용'했다는 뿌듯함이 일었다. 이렇게 조절할 수만 있다면 일상에서 스마트폰을 추방하지 않고도 사람답게 살 수 있을 것 같았다.

브런치 개설 후 일주일이 지났을 즈음, 앱 내 공지사항을 보게 되었다. '제8회 브런치북 출판 프로젝트' 공모전의 마감이 얼마 남지 않았음을 알리는 내용이었다. 브런치북 출판 프로젝트란 국내 유수의 출판사 10곳가량이 참가해, 각자 한 편씩 대상을 뽑는 시스템이었다. 당선자에게는 해당 출판사와 1:1 매칭되어 작품을 출간할 기회가 주어졌다. 대강 계산해 보니 마감까지 2주 정도가 남은 시점이었다. 시일이 촉박했지만 단기적 목표로 삼기엔 좋을 것 같았다. 오로지 응모 자체에 의의를 두고, 그때까지 최대한 많은 글을 써보자고 다짐했다.

이 시점에는 유달리 정신없는 성향의 도움을 받았다. 나는 집중력이 너무 없는 나머지, 오히려 아무 데서고 두세 문장짜리 조각글을 쓸 수 있었던 것이다. 한 자리에 우직하게 앉아 긴 글을 지어내는 덴 서툴렀지만, 반대 상황엔 강했던 셈이다. 그땐 양적 목표를 이루고자 버스나 지하철, 화장실은 물론이고 길을 걷는 와중에도 스마트폰으로 글을 썼다. 계단에서 발을 헛디디거나 차에 치일 뻔한 적도 여러 번이었다. 어떤 의미로는 제정신이 아니었던 것 같다.

그래도 나는 바로 이런 점 때문에 글쓰기가 좋았다. 글쓰기는 내가 다소 과하더라도 나를 밀어내는 법이 없었다. 의도를 검열하거나 경고를 보내오지도 않았고, 불순한 계기로 시작해도 그저 묵묵부답이었다. 반대로, 이제 그만 쓰겠다고 해도 나를 억지로 붙잡아두지 않았다. 글쓰기는 부자유스러운 삶 속에서 내가 택할 수 있는 최선과 최상의 자유였다.

백지에 모든 것을 쏟아내고 잠에 들 때면 머릿속이 깨끗하게 비워진 채로 충만해졌다. 텅 빈 채로 가득 찰 수 있다니, 그것은 이상한 감각이었다. 내용이 마음에 차지 않아 기껏 쓴 내용을 다 지우더라도, 이미 느낀 충족감은 지워지지 않았다. 공모전 마감날, 부족하지만 최선을 다한 작품을 응모했을 때의 기분은 특히 뿌듯했다.

그러던 어느 날이었다. 여느 날과 같이 회사에서 일을 하고 있는데, 휴대폰에 심상치 않은 알림이 떴다. 브런치 측에서 메일함을 확인해달라며 개인 메시지를 보내온 것이었다. 스팸메일로 뒤죽박죽인 메일함을 뒤져 가까스로 브런치 측이 보내온 메일을 찾았다. 놀랍게도, 이미 며

글이
안 써지세요?
저도요

칠이나 전에 내가 대상에 당선됐다는 소식이 담겨 있었다. 응모에만 의의를 뒀기 때문에 작품을 제출한 후로는 공모전의 존재 자체를 잊고 있던 참이었다. 그런데 내가 당선이라니… 너무나 얼떨떨하고 믿기 힘들었다.

그 순간 든 생각은 하나였다. '쓰길 잘했군.' 내가 잘 썼는진 모르겠지만, 잘한 일이 있다면 '썼다'라는 사실뿐이었다. 나는 그때 글쓰기에 대단한 목표도, 커다란 포부도, 심지어 실력도 필요하지 않다는 사실을 깨달았다. 나역시 스마트폰에 휩쓸려 살아가는 하루하루가 답답해서 어영부영 시작했을 뿐이었으니까.

그래서 나는 오늘도 스마트폰을 드는 사람들에게 권하고 싶다. 무작정 화면을 뒤적이는 대신, 화면 속에 자신의 생각을 새겨보는 건 어떻겠냐고. 나도 여전히 길을 걷다 멈춰 글을 쓰고, 지하철 손잡이를 잡은 채 끄적이며, 잠들기 전 마지막 한 문장을 고민한다. 스마트폰이 나를 소진시키기만 하는 도구가 아니라, 내 목소리를 담아내는 공간이 되는 즐거움을 함께 나누고 싶다.

우리 부모님은 어릴 적부터 나를 놓아기르셨다. 교육관이 자유로운 건지 진작 나를 포기한 건지 공부하란 잔소리 한 번을 하지 않으셨다. 덕분에 난 성적이 처참한 아이치곤 해맑게 자랐다. 10대 땐 매일매일 놀면서도 더 재미나게 놀지 못했음을 안타까워하며 잠자리에 들곤 했다. 친구들은 노는 것도 며칠 하면 불안하다던데, 그런 말들이 제일 이해되지 않았다. 내 꿈은 직업도 뭣도 없이 한평생 놀다 죽는 것이었다.

글이
안 써지세요?
저도요

성인이 되어서도 '논다'라는 행위에 대한 탐닉은 멈출 줄 몰랐다. 특히 술맛을 깨우치고 나서부터는 하루하루가 알코올 파티였다. 지금 생각하면 진짜로 무슨 악귀에 홀렸던 것 같다. 술도 좋아하고 사람도 좋아하니 술자리가 끊이질 않았고, 당연히 귀가 시간은 점점 늦어졌다.

그토록 자유로운 부모님이 단 하나 못 참아주는 점은 바로 그것이었다. 엄마 아빠는 내가 20대 중반이 된 후로도 계속 귀가 시간에 간섭하셨다. 한창 놀고 있으면 저녁 8시부터 "어디니? 오늘은 언제 들어올 거니?"하는 전화와 카톡이 빗발치는 것이었다. 30분만 더, 1시간만 더, 하며 흥정을 하다 보면 화가 나기도 했다. 내가 어린애도 아니고, 가만두면 알아서 기어들어가는데 대체 왜 이리 들들 볶는 것인가 하는 생각이 들어서였다. 그땐 '기어들어간다'는 그 자체가 문제란 걸 몰랐다. 부모 마음도 잘 몰랐다…. 학업에 뜻이 없기 때문일까? 나는 대체로 아는 것이 없었다….

그러던 어느 날이었다. 문제의 그날은 홍대입구에서 평소보다 훨씬 흥겨운 술자리가 이어지는 중이었다. 나는 막차 시간을 분 단위로 재면서도 좀처럼 엉덩이를 떼지 못했다. 당시 우리 집은 남양주라 마지막 지하철을 놓치면 택시비만 5~6만 원이 나오는데도 그랬다. 애타는 마음을 읽은 건지 일행들도 나를 만류했다.

"우리가 택시비 모아 줄게! 좀 더 놀다 가!"

정말이지 너무나 고맙고도 달콤한 제안이었다. 결국 나는 주섬주섬 챙기던 가방을 팽개치고 다시 호프집에 눌러앉았다.

내가 소주에 절인 장조림이 되어가는 사이, 집에서는 한바탕 난리가 났다. 진작 도착하고도 남았어야 하는 딸내미가 연락 두절이 되어서였다. 더 이상 무시할 수 없을 때야 전화를 받아보니 엄마 아빠는 이미 화가 머리끝까지 난 상태였다.

"너 이 새끼? 설마 아직도 술집이냐?"

"아녕… 즤하쳐뤈데."

"이게 애비를 바보 등신으로 아나? 깔깔깔 소리가 다 들리는구먼? 그리고 어떤 미친 지하철이 2시 넘어서까지 다녀! 엉?!"

"아니라니깐… 난 즤하철이야….”

"이런 정신 나간 ^!@%^&@!%^"

글이
안 써지세요?
저도요

너무 취해 사리 분별조차 되지 않았지만, 이제는 진짜 집에 갈 때라는 판단이 들었다. 어차피 나의 최종 술버릇은 귀가였기 때문이다.

어찌저찌 택시를 잡아타고 집에 가는 길, 나는 때꾼한 눈꺼풀을 붙들고 잠들지 않으려 안간힘을 쓰고 있었다. 늦은 새벽인데도 달리는 차창으로 각양각색의 불빛들이 스며들었다. 아름다웠다. 그 아름다운 색들이 기사님의 대머리 위를 스치다 사라지는 찰나를 감상하고 있자니 문득 현실감이 돌아왔다. 이제 거짓말쟁이 술꾼에게 닥쳐올 미래는 하나뿐이었다. 현관문을 여는 즉시 쥐어 털리고 며칠 동안 멸시의 시선 감옥 속에 살아가는 것 말이다. 그때 나는 철딱서니 없이 동생이 갑자기 무슨 미친 짓을 벌여주길 바라기도 했다. 걔가 희생해주면 일단은 내가 묻힐 테니 말이다.

하지만 동생은 자기 방에서 쿨쿨 자고 있을 뿐이었고, 나는 예상보다 훨씬 크게 혼쭐이 났다. 자세한 내용은 기억나지 않지만, 그야말로 혼쭐이 났다고밖엔 표현할 수 없는 사태가 벌어졌다. 나는 죄인 된 자로서 입을 꾹 다물고 모든 꾸중을 감내했다. 할 말이 없기도 했지만 한마디라도 했다간 토할 것 같아서였다. 그때 난 폭풍 같은 비난과 구토감의 싸움에선 후자가 압도적으로 이긴다는 걸 배웠다. 세상 가장 낮은 곳에서도 배울 점은 있다더니 진짜인 모양이었다.

　부모님은 마지막으로 혀를 몇 번 찬 후 안방으로 들어가버리셨다. 실은 나를 차고 싶었을 텐데 쯧쯧 정도로 끝내준 데 감사하며 나도 욕실로 들어갔다. 씻는 동안 곰곰이 생각해보니 그제야 진심으로 반성이 되었다. 내게 만약 나 같은 딸이 있다면 정말 싫을 것 같았다. 서 있기도 힘들어 욕실 바닥에 주저앉아 샤워기 물을 맞고 있는 내 모습이 더더욱 한심했다.

　기다시피 방으로 돌아온 나는 침대에 엎드려 반성문을 쓰기 시작했다. 머릿속은 한없이 어지럽고 손아귀에 힘도 들어가지 않았지만, 일단 지금 이 순간 뭐라도 사죄해두고 싶은 마음뿐이었다. 두서없이 끼적이고 있자니 술기운이 눈가로 확 몰렸다. 나도 모르게 훌쩍훌쩍… 바보 같은 눈물이 흘렀다. 그래도 훌쩍과 끼적을 반복하다 보니 어느새 반성문 한 판이 뚝딱이었다. 나는 종이를 식탁에 올려두고 기절하듯 잠이 들었다.

글이
안 써지세요?
저도요

- 반 성 운 -

안녕하세요 저는 어머니 아버지의 딸 🐛 ($\frac{3}{3}$) 🌀 립니다

저가 오늘 술을 많이 먹고 늦게 들어 와서 죄송합니다
그리고 여전히 노는 중이면서 지하철을 왔다고
거짓말을 해서 죄송합니다 이렇게 크는 이유는 무엇일까요?
이렇게 키우지 않았는데
세상이 각박하기 때문일까요? 그래도 전 슈퍼 부모님이
있어 그런 각박함을 잘 모르는 게 고맙습니다
농약을 많이 친 옥수수처럼 병충해를 모르고
황제 찐빵같은 얼굴로 거듭나고 있습니다
거짓말을 친 저에게 사위를 허락해 주셔서 고맙습니다
저라면 들어오자마자 심한 말을 한후
배 란다에 매달아 놓았을 텐데 ....
많이 걱정 한가 치고는 박수를 보냅니다 그런데 의문점 도 있습니다
제가 혼쭐이 난후 미안해 한후 바로 코골며 주무시는 군요
빨리 주무시는 군요
그래도 우리 엄마아빠 봐면 곰은 없는 것 같아 안 심이 됩니다
아.. 속이.. 속이 좋지 않아요 속이 좁기 때문일까요?
많은 양을 수용할수 없는 것 같아요
제가 여기 오는데 택시 아저 씨가 창문을 닫아서 거의
더웠 습니다 하지만 택시 아저씨는 대머리여서
덥지 않았니봅니다 졸려 이제 그만 반성 해도
가요 내일 해도 되나요 화제만 저는 개 잔발 여라

1.
우리 모두
글 쓰고 싶을 때가
있잖아요

035

이것이 그때의 내가 참회의 뜻으로 제출한 반성문이다. 예상외로 당사자들의 반응은 좋지 못했다. 엄마는 이 글을 보고 화가 더 치밀었으며, 아빠 역시 내가 부모를 놀린다고 생각했다고 한다. 그런 의도는 없다고 해명했지만 아무도 믿어주지 않았다.

이 글은 내 구글 드라이브에 몇 년 동안 묻혀 있다가 얼마 전 빛을 봤다(?). 추억 팔이 삼아 SNS에 올렸는데, 어쩌다 보니 인터넷 커뮤니티 곳곳으로 퍼져나가 유머 짤이 된 것이다. 3~4년 전에 게시한 글이 지금도 어디선가 회자되는지 아직도 친구들로부터 종종 카톡이 온다. "우리 회사 사람이 너 알더라" / "어떻게?" / "그 반성문 봤대" 하는 식이다. 그런 메시지를 받을 때면 내 사주에 인터넷 망신살 같은 게 있다던 말이 떠오른다. 그래도 뭐 심각하게 생각하진 않는다. 앞으로 남은 삶에는 누구에게든 반성문 적을 일이 없기만을 바랄 뿐이다.

간혹 인터넷 세상에서 저 반성문을 마주칠 때마다 인생이란 정말 예상치 못한 순간들로 가득하다는 것을 깨닫는다. 그때는 정말 진지하게, 사죄의 의미로 적었던 글들이 지금은 보는 사람들에게 웃음을 주고 있으니 말이다.

　　그러니 이 글을 읽는 여러분들도 최대한 많은 순간의 많은 정서들을 기록해놓길 바란다. 비록 지금 당장은 어디에도 공개할 수 없는 창피하고 뜬금없는 사연들일지라도, 시간이 지나면 멋진 글감으로 피어날 수 있기 때문이다. 지금 날 속상하게 하는 나쁜 일(?)들을 미래의 내가 기쁘게 기다린다고 생각하면 기록하는 일에도 용기가 붙곤 한다.

내 친구 A는 자기가 참 재미없는 사람이라 생각한다. 그저 '남들처럼', '평범하게'만 살아왔기 때문이다. 그는 확실히 눈에 띄는 타입은 아니다. 그래서 그에게 자기 삶을 설명해보라 하면 이런 식이다.

"태어나서… 똥오줌 못 가리며 살다가… 초등학교에 들어가 중학교에 입학하고, 고등학교를 지나 대학교에 갔습니다. 대학교 졸업 후 2년 동안 방황하다 가까스로 취직에 성공하여 매일매일 회사에 다니는 중입니다. 끝."

글이
안 써지세요?
저도요

그러니 글로 쓸래야 쓸 거리가 없다는 게 스스로에 대한 A의 평가였다. 하루하루 죽지 못해 살고 있고(?), 좀처럼 흥미진진한 사건도 없으며, 글로 남들을 웃길 자신도 없다는 말이었다.

그러나 내가 보는 그의 모습은 조금 달랐다. 그에게는 우는 사람을 만나면 곱게 접은 손수건을 건네는 섬세함과 다정함이 있고, 개가 없는 게 서러워 자그마한 개 인형을 들고 산책하러 다니는 엉뚱한 면도 있었다. 웃길 때면 목 놓아 울지만 슬플 때나 아플 때는 절대 울지 않는다는 특이한 철칙의 소유자이기도 하고, 예수님을 믿지 않으면서 찬송가 부르기를 즐기는 이상한 행보를 보여주는 사람이기도 했다. 이렇게 보면 날라리 같고 저렇게 보면 수도승 같기도 한 친구가 바로 A였다.

A를 보며 난 평범함이란 일종의 착각이란 걸 배웠다. 살아온 궤적을 보면 평범하기 그지없는 A가, 들여다볼수록 특별해졌기 때문이었다. 다른 친구들도 마찬가지였다. 모두가 때론 겸손하게, 때론 소심하게 자신의 평범함을 설파하지만, 진실로 평범하여 흐릿한 사람은 한 명

도 없었다.

　그 후로 나는 한 가지 확신을 갖게 되었다. 평범함은 말 그대로 '지극히 평균적인 삶'이 아니라, 아직 자신에 대해 제대로 말해보지 않은 사람들의 자기 평가 방식일지도 모른다는 것이다. 타인의 영웅담과 내 일상을 비교하다 보면 누구나 자신은 평범하다는 결론에 다다르겠지만, 이는 자기 삶을 꺼내놓는 데 익숙하지 않아서 생기는 착오라고 생각한다. 누구나 연습을 조금 거치면 자신만의 특별한 글을 쓸 수 있다는 말이기도 하다.

　얼마 전에는 오랜만에 만난 A에게 다시금 글쓰기를 권해보았다. 뭐라도 좋으니 대충 아무거나 써보란 이야기였다. 그는 막막함을 전해왔다. 그래서 대체 그 '대충 아무거나'가 뭐냐는 질문이었다. 물론 나도 대단히 잘 쓰는 방법은 모르지만, 그래도 일상에서 실천할 수 있는 몇 가지를 일러줄 순 있었다.

　첫 번째 방법은 단연 '일기 쓰기'였다. 거창한 문장이나 심오한 주제에 대한 고민 없이, 그저 하루 동안 일어난 일이나 느꼈던 감정을 꾸준히 기록하는 방법이다.

글이
안 써지세요?
저도요

비슷한 예로, 나는 '꿈 일기'를 선호했다. 메모 공간이 있는 365일 일력을 사서 매일 아침 눈 뜨자마자 전날 밤의 꿈을 기록하는 것이다. 꿈이란 잠잘 때마다 달라지면서도 묘하게 현실이 반영된 것이어서 보통의 일기보다 훨씬 흥미로운 소재가 되어 주었다.

꿈마다 나름의 해몽을 덧붙여 보는 것도 즐거운 시도였다. 유독 자주 등장하는 장소나 사람, 상황 등을 적다 보면, 나도 모르게 현재 내 심리 상태나 고민이 보일 때도 있었다. 꿈에서는 에세이뿐 아니라 소설 아이디어도 잔뜩 나왔다. 비현실적이고 엉뚱한 상황이라도, 잠에서 깬 뒤 다듬고 쳐내다 보면 근사한 스토리가 되기도 했다.

두 번째 방법은 '끊임없는 자문자답'이었다. 어디서 들기로 질문은 관심의 척도라고 했다. 자기 자신에게도 예외는 아니었다. 사소하고 미묘한 감정이 느껴질 때, 그것을 무시하기보다는 파고들어 기록하는 습관을 들여두면, 글을 쓸 때는 물론 심리적으로도 많은 도움이 되었다. 나는 특히 부정적인 감정에 집중하는 편이었다. 분노, 불안, 짜증, 슬픔, 혐오 등등 흔한 감정들도 때와 장소와 발생 원인에 따라 조금씩 다른 부분이 있었다. 그럴 때 나 자신과의 질의응답을 거듭하면 내게 일어난 사건들을 정확히 이해하고 정리하는 데 도움이 되었고, 때로는 훌륭한 글감이 되어주기도 했다.

세 번째 방법은 '필사'였다. 필사라고 하면 대단한 문학 작품을 따라 써야 할 것 같지만, 꼭 그렇지만도 않다. 나는 단순히 키보드를 경쾌하게 치는 감각을 이어가기 위해 아무거나 따라 쓰곤 했다. 책을 베낄 때도 있고 의미 없는 잡문이나 전자제품 사용설명서일 때도 있었다. 정 집중이 안 될 때는 드라마를 틀어놓고 들리는 대로 대사를 받아 적기도 했다. 가능한 한 많은 매체에서 많은 문장들 사이를 돌아다니다가, 특히 마음에 드는 문장은 손글씨로 수집했다. 한 자 한 자 정성 들여 꾹꾹 눌러쓰면 좋은 문장들이 더더욱 오랫동안 머릿속에 남았다. 놀랍게도 뭐든 따라 쓰다 보면 결국에는 내 문장이 나와주었다.

A는 여전히 반신반의하는 표정이었지만, 일단은 노력해보겠다는 대답을 해주었다. 집으로 돌아간 그가 내 조언에 따라 글을 썼을지는 잘 모르겠다. 그래도 쓰일 글이라면 언젠가는 쓰일 것을 믿는다. 빠른 시일 내에 A가

글이
안 써지세요?
저도요

직접 쓴 글에서 그만의 독특한 취향과 감수성을 만날 수 있기를 기대해본다.

A의 글쓰기가 그 자신을 좀 더 성장시키고, 그것을 읽은 사람들의 마음에도 스며드는 상상을 해본다. 사실은 A뿐만 아니라 모든 사람이 자기 이야기를 써보면 좋겠다고도 생각한다. 결국 평범한 사람의 평범한 글이 될지도 모르지만 무슨 상관이겠는가? 즐거우면 그만인데.

내 인생에서 글을 가장 즐겁게, 활력 있게 썼던 시기를 고르자면 역시 고등학교 때가 떠오른다. 나는 경기도 신도시 한구석 언덕배기에 조그맣게 위치한 남녀공학에 다녔다. 학업에 뜻이 없었기 때문인지 늘 시간이 여유로웠다. 그리고 무료했다. 미래는 불안했지만 멀었으므로 하루하루 푸지게 자고 배불리 먹는 게 인생의 전부이던 시절이었다.

써도 써도 남아도는 시간은 주로 친구들을 관찰하는

데 할애했다. 같은 교복을 입고 같은 급식을 먹는 아이들이라면 전부 비슷할 것 같지만, 보면 볼수록 친구들은 너무 달랐다. 쾌활한 친구들도 각자 요란한 양상이 달랐고, 조용하고 내향적인 아이들도 겉으로 티가 안 날 뿐 그 나름의 숨긴 모서리가 날카로웠다. 가장 명랑한 아이가 누구보다 소심하거나, 하루 종일 말 한마디 안 해서 존재감이 미미한 아이가 실은 짐승처럼 사나운 경우도 많았다. 나는 그렇게 친구들의 미묘한 본모습이나 의외성을 포착하는 걸 좋아했다. 눈썰미가 매서운 편은 아니었기 때문에 열정과 끈기로만 해내는 일이었다.

그러던 어느 날, 나는 학기 초에 안타까운 사연 하나를 들었다. 반 친구 A와 B가 서로에게 호감이 있는데, 부끄럽고 남사스러운 마음에 친해지지 못하고 있다는 것이었다. 그들은 무리 속에 섞여 데면데면 서로의 곁을 맴돌 뿐 좀처럼 대화의 물꼬를 트지 못했다. 나는 A가 B에게만 줄 수 없어 굳이 모두에게 초콜릿을 돌린다는 걸 알고 있었다. A 옆을 스칠 때면 B의 자세가 저절로 곧아지고 뺨에 생기가 돈다는 것 또한 눈치채고 있었다. 흘끔거릴 시간에 가벼운 농담이라도 건네보면 될 텐데, 수줍음 많은 둘에게 그건 너무 어려운 일이었다.

어려서부터 오지랖이 넓었던 나는 그들에게 자연스럽게 친해질 계기를 만들어주고 싶었다. 중학생만 돼도 각자 불러내 셋이서 떡볶이 한번 먹으면 그만이었겠지만, 고등학생이란 그보다는 복잡한 존재였다. 오버하며 우정의 중매쟁이처럼 굴었다간 오히려 일을 그르칠 수 있었다. 나는 좀 더 재치 있는 방법이 필요하다고 생각했다.

그때 번뜩 떠오른 게 소설이었다. 교실에는 이면지와 필기도구가 넘쳐났기 때문에 따로 준비할 것도 없었다. 나는 사물함 위에 아무렇게나 굴러다니는 가정통신문 뭉치를 주워 와 뒷면에 괴발개발 이야기를 적어나가기 시작했다. A와 B 두 사람만 등장하면 너무 티가 나므로, 반 아이들을 대거 등장시키는 것도 잊지 않았다.

처음엔 〈꽃보다 남자〉 같은 인기 드라마 패러디로 시작했다. A를 금잔디로, B를 구준표로 설정하고 세상에서 가장 허무맹랑한 신데렐라 스토리로 비트는 것이다. 실제 반 아이들 이름과 성격을 무더기로 인용하는 이상, 이런 얘기는 절대 진지하면 안 되었다. 아이들 사이의 민

글이
안 써지세요?
저도요

감한 인간관계 역학을 사실적으로 묘사하지 않도록 조심하는 것도 필수였다.

나는 누가 봐도 짓궂은 장난임이 드러나도록 이야기를 터트리는 데 공들였다. 의식의 흐름대로 쓰다 보면 스토리는 금방 로맨스를 벗어나 이도 저도 아닌 장르가 되곤 했다. 금잔디가 구준표를 발로 차서 유럽까지 날려 보내자, 이 소식을 들은 히딩크 감독이 찾아와 금잔디를 국가대표로 기용했다, 그렇게 우리나라는 세계 축구를 제패하고 금잔디는 티에리 앙리와 결혼했다더라… 하는 식이었다. 《백설공주》, 《왕자와 거지》, 《라푼젤》 같은 고전 동화들도 자주 이용되었다. 근본도 없이 변주하는 내 이야기 속에서 A는 조폭이 되기도 하고 팅커벨이 되기도 했다. B 역시 오전에는 형사가 되었다가 오후에는 계모가 되었다.

몇 개의 졸작이 후루룩 완성되어 아이들 손을 타는 사이 A와 B 두 사람은 자연스레 말을 섞게 되었다. 대화 주제는 주로 내 작품에 대한 혹평과 나를 향한 장난스러운 항의였다. 혹시나 정말로 싫어하면 어쩌나 걱정되기도 했는데, 교대로 찾아와 다음 편은 언제 나오냐고 묻는 걸 보면 그 애들도 나름 재미있어하는 눈치였다. 엑스트라로 기용된 아이들의 반응도 좋았다. 나는 더 비중 있는 역할로 출연시켜 달라는 요청을 자주 받게 되었다.

사실 내가 쓴 글들은 소설이라 하기도 창피한 수준으로, 굳이 따지자면 인터넷 개그썰 정도에 불과했다. 읽고자 한다면 누구에게나 보여줬지만, 대상은 우리 반 친구들을 넘어서지 않았다. 하지만 언젠가부터 반에서 그림을 제일 잘 그리는 아이가 내 이야기들을 만화화하기 시작했다. 그 만화가 훨씬 가독성이 좋고 재미있어서인지, 독자군은 곧 다른 반까지 알음알음 확대됐다. 나중에는 선생님들 몇 분까지 그것들을 흥미롭게 읽었다는 얘기가 들려왔다. 나로서는 나름 영광스럽고 뿌듯한 성과였다.

이 과정에서 나는 의외의 반사이익을 얻기도 했다. 사실 당시의 나는 학교생활에 그다지 미련이 없었고, 기회만 된다면 언제든 자퇴하고 싶다는 마음까지 갖고 있었다. 공부할 생각도 없는데 아침마다 꾸역꾸역 힘겨운 언덕길을 오르는 게 참으로 무의미하다고 생각하던 차였다. 그러다 우연히 반에서 이야기꾼 역할을 자처하게 되면서, 뜻하지 않게 내게 가장 부족했던 소속감을 얻게 되었

글이
안 써지세요?
저도요

다. 고3이 되면서부터는 자연스레 이야기 쓰기를 관두게 되었지만, 어쩐지 학교를 그만두고 싶다는 마음까진 들지 않았다. 아무 생각 없이 시작한 장난 덕분에 고등학교 졸업장을 지켜내고, 추후 문예창작과 진학까지 이뤄낸 셈이었다.

지금도 문득 A와 B의 앳되고 발그레한 얼굴이 떠오를 때가 있다. 시간이 지나 예전만큼 또렷하진 않지만, A의 찰랑이던 머리칼이나 B의 유독 네모진 어깨라인 같은 게 눈앞에 어른거리곤 한다. 나의 첫 주인공들도 우리의 학창시절을 뜻깊게 기억하고 있을까? 조폭이나 팅커벨, 형사나 계모 대신 무엇이 되었는지도 알고싶다. 그러나 제일 전하고 싶은 건 고마움이다. 그 애들이 내게 준 건 그저 웃음과 박수만이 아니었다. 누군가 내 이야기를 기다려준다는 설렘, 내가 쓴 문장들이 어디선가 웃음으로 피어날 수 있다는 기쁨이었다.

세상에서 가장 하기 싫은 일이 뭘까? 아마도 출근일 것이다. 일하는 것도 싫지만 그보다 끔찍한 건 출근 길 자체다. 실제로 평일 오전 8시부터는 회사원 친구들의 절규가 단톡방에 울려 퍼진다. 나는 요즘 집에서 작업을 한다. 그럼에도 침대에서 나와 책상에 앉는 일조차 이렇게 힘든데, 1~2시간에 달하는 통근은 얼마나 괴로울지 모르겠다.

모르겠다고 썼지만 사실은 안다. 나도 회사에 다닐

글이
안 써지세요?
저도요

땐 경기도 남양주시에서 서울시 서초구까지 1시간 30분 거리를 바쁘게 오갔기 때문이다. 그 시절은… 정말이지 너무나 고되었다. 도로는 늘 막히는 데다 눈이나 비라도 오는 날엔 도착 시간이 하염없이 늘어졌다.

그러던 어느 날은 문득 출퇴근 시간이 아까워도 너무 아깝다는 생각이 들었다. 하루 왕복 3시간이면 일주일엔 15시간, 한 달 기준으론 자그마치 60시간이었다. SNS나 유튜브 보기로 흘려버리기엔 꽤나 묵직하게 느껴졌다. 어떻게 하면 이 시간을 유용하게 쓸 수 있을까 궁리하다가 시작한 것이 '움직이는 작업실' 프로젝트였다. 버스에서 글을 쓸 수 있다면, 이동 시간은 더 이상 버리는 시간이 아니었다. 남들과 같은 버스비를 내고도 작업물까지 챙기는 셈이니 이보다 좋은 생각은 없어 보였다.

그러나 처음엔 애로사항이 많았다. 버스는 달리라고 만들어졌지, 안에 탄 사람의 생산성을 높이기 위해 만들어진 공간이 아니기 때문이다. 버스에서 스마트폰 메모장에 글을 쓰고 있으면 특유의 엔진 소음, 미세한 진동, 좌석 등받이 각도 따위가 조금씩 거슬렸다. 심지어 옆자리 사람의 존재도 신경 쓰였다. 원래도 누가 볼 땐 글을 못 쓰는 스타일인데, 혹시나 내 화면을 흘깃거리진 않을까 불안했던 것이다. 그러나 당연하게도 옆자리 사람들은 내게 일말의 관심도 없었다. 타자마자 고개를 꺾고 고로롱 고로롱 코를 고는 경우가 대부분이었다.

완벽한 환경은 아니지만, 습관을 들이니 차차 적응이 되기 시작했다. 심지어 버스라는 공간 특유의 불완전함에서 안정감을 느낄 때도 있었다. 고속도로를 꽉 메운 차들의 붉은 후미등, 기사 아저씨 취향의 라디오 방송, 강변 풍경, 저마다의 피곤을 간직한 승객들…. 그런 요소들이 하나의 풍경처럼 묶여 백색소음 역할을 해주었다. 원래 난 쥐 죽은 듯 고요하면서도 아무도 간섭하지 않는 작업 환경을 선호했다. 좋은 글은 방해물이 모두 제거된(?) 상태에서나 나올까 말까 하다고 믿었기 때문이다. 그러나 버스 안에서 들려오는 소리들도 나쁘지 않았다. 아름다운 소리는 아니지만 사람 사는 소리였고, 때로는 그 복작복작한 소리에서 막히던 문장의 힌트를 얻기도 했다.

게다가 버스에선 작업이 늘어지지 않았다. 차가 계속 전진하기 때문인지, 내릴 때까진 마무리를 해야겠다는

글이
안 써지세요?
저도요

조급함이 있어선지, 글을 쓰는 속도가 저절로 빨라졌다. 집이나 카페에서처럼 딴짓을 하기 어려운 조건도 큰 도움이 되었다. TV를 틀거나 커피를 마실 수 없고, 메모장을 켜놓은 폰으로 유튜브나 SNS를 볼 수도 없으니 묵묵히 엄지손가락만 움직이게 되었다.

버스 안 작업실 생활을 반년 정도 하니 신기한 변화가 생겼다. 첫 번째는 역시 출퇴근길 마음가짐이 달라졌다는 거였다. 예선에는 현관문을 나서기도 전부터 짜증이 확 났는데, 글쓰기를 시작한 후론 부정적인 감정이 많이 줄었다. 어제 반쯤 쓴 글을 오늘 완성하거나, 머릿속을 맴도는 아이디어를 미루지 않고 써먹었을 땐 유독 성취감이 크기도 했다. 길이 많이 막힐 때도 화가 덜 났다. 어차피 써야 할 글들은 많고, 내게는 항상 시간이 필요했기 때문이다.

두 번째는 글쓰기 자체가 수월해졌다는 점이다. 죽이 되든 밥이 되든 매일 2~3시간씩 붙잡고 있으니, 점점 글쓰기라는 게 전보다 어렵지 않게 느껴졌다. '써야 하는데, 써야 하는데…' 생각만 하며 시간을 죽이는 습관도 없어졌다. (프리랜서가 된 지금은 다시 생겼다.) 예전에는 빈 화면 앞에서 한참을 망설이곤 했다. 뭘 써야 할지, 어떻게 써야 할지 막막한 채로 에너지가 방전될 때까지 앉아 있기만 했다. 그건 내가 너무 가끔 글을 쓰기 때문이란 걸 버스에서 깨달았다. 매일 조금씩 해내니 압박감도 줄고, 나도 모르는 사이 새 글들이 차곡차곡 쌓였다.

세 번째는 시간 감각 자체가 달라졌다는 점이다. 예전엔 하루 24시간이 부족하다고 투덜댔는데, 언젠가부턴 출퇴근 시간 말고도 활용할 수 있는 틈새 시간이 눈에 보이기 시작했다. 점심시간 15분, 회의 전 대기시간 10분, 심지어 화장실에서도 몇 줄은 쓸 수 있다는 걸 알게 되었다. 시간은 원래 그만큼 있었는데 내가 못 봤을 뿐이었다. 시간에 치이는 게 아니라 시간을 활용한다는 이유로 자기 효용감도 많이 높아졌다.

지금 생각해 보면 그때가 내 인생에서 가장 꾸준히, 즐겁게, 그리고 쉽게 글을 쓰던 시기였다. 실제로 당시 써 내려간 원고들은 고스란히 내 첫 책이 되었다. 세상에서 가장 하기 싫은 일이 출근이라 했지만, 결국 그 길에서 선

글이
안 써지세요?
저도요

물을 주운 셈이다.

　　너무 바빠 글을 쓸 시간이 없다면, 새로운 시간을 내는 대신 낭비되는 시간의 용도를 바꿔보는 건 어떨까? 나는 운 좋게 3시간을 얻을 수 있었지만 꼭 그렇게 길 필요도 없는 것 같다. 단 5분이나 10분이라도, 일상에 부담을 주지 않는 선에서 자투리 시간의 주인이 되어 보는 것이다. 늘 하는 말이지만 완벽하지 않아도 괜찮다. 완벽 대신 순간을 붙잡는 것이 이 글쓰기 방법의 핵심이다.

집에 처음 컴퓨터가 생긴 건 여덟 살 무렵이었다. 부모님이 네 살 위 언니의 학업을 고려해 큰맘 먹고 들여놓은 물건이었다. 당시엔 컴퓨터는커녕 휴대폰조차 고급품이던 시절이라, 실제로 우리 집에서 휴대폰을 가진 사람도 아버지 한 명뿐이었다.

인터넷을 사용하면 집 전화가 먹통이 되던 시절. 어쨌든 그때부터 나의 SNS 중독 일대기는 시작되었다. 지금은 고대 유물로 회자되는 버디버디부터 싸이월드, 페이스

글이
안 씨지세요?
저도요

북, 인스타그램, 트위터까지. 내 어리고 젊은 시절에는 늘 사이버 공간에서의 자아 꾸미기 활동이 뒤따랐다. 한때는 끊임없이 울리는 '좋아요', '댓글' 알림이 내심 자랑스럽기도 했다. 친구들에게든 불특정 다수에게든, 내 감각이 아직 낡지도 늦지도 않았음을 증명받는 것 같아서였다.

그런데 1년 전 회사를 그만둔 후부터는 자연스럽게 SNS를 멀리하게 됐다. 기존 업무가 너무나도 SNS 중심적이었기 때문이다. 재직 중일 땐 트렌드 체크를 위해 싫어도 매 순간 SNS 창을 들여다봐야만 했다. 요즘은 어떤 브랜드가 잘나가는지, 어떤 광고에 소비자가 반응하는지, 어떤 인플루언서가 뜨는지, 혹은 속된 말로 '나락행'에 처해졌는지, 추적하고 또 추적하는 게 일상이었다.

하지만 출근을 멈춤으로써 세상의 모든 소식을 알아야만 하는 의무도 함께 사라졌다. 그러자 그간 SNS 세계에서 느껴왔던 피로감이 한꺼번에 몰려왔다. 나는 SNS발 밈이나 유행어에도 빠삭하고, 그로 인해 각종 사건사고도 재빠르게 접하는 사람이었지만, 갑자기 바로 그 점이 바보 같다는 생각이 들었다. 어쩌면 나는 '많은 것을 아는 사람'이 아니라 '몰라도 될 것만 골라서 아는 사람'이 아닐까 싶었다.

'정보 과부하'라는 말이 정확히 내 상황을 설명해주는 것 같았다. 하루에 수백, 수천 개의 포스트를 훑어보지만 정작 기억에 남는 것은 거의 없었다. 자극적인 제목의 기사들, 어디서 많이 본 듯한 인생 조언들, 비슷비슷한 일상 사진들. 빠르게 나를 휩쓸고 지나가는 정보의 홍수 속에서 나는 점점 내 생각을 잃어가고 있었다.

결국 난 실험 하나를 강행했다. 당분간 모든 SNS 활동을 중단해보기로 한 것이다. 흔히 하는 말처럼, SNS를 멀리하면 집 나갔던 자존감도 돌아오고 '진짜 자신'으로 살 수 있게 되는지 궁금했다. '진짜 자신'이라는 게 뭔지는 모르겠지만 SNS를 끊으면 저절로 알게 될지도 몰랐다.

호기롭게 'X(구 트위터)'와 '인스타그램' 앱을 지우고 며칠이 흘렀다. 아무 일도 벌어지지 않았다. 내가 놀란 것도 바로 그 지점이었다. 그동안 너무나도 SNS에 찌든 삶을 살았기에 무언가 큰 변화나 불편이 느껴질 것 같았는데 정말이지 아무 일이 없었던 것이다. (심지어 사라진 나를 찾는 사람도 없었다.) 약간 심심하고, 스마트폰을 켜도

할 게 없어 손가락이 길을 잃긴 했지만 그뿐이었다. 너무 무료해 어쩔 수 없이 책을 읽고 있는 날 발견했을 땐 비로소 내가 옳은 길로 가고 있음을 깨달았다.

SNS 활동보다 독서가 우월하다고 말하려는 게 아니라, 내 직업이 작가이기 때문이다. 난 책을 많이 읽어야만 하는 사람인데도 그동안은 SNS에 빠져 좀처럼 책 읽을 엄두를 내지 못했다. '내지 않았다'라는 표현이 더 적합할 테지만, 중독이 심할 땐 내가 핑계를 대고 있다는 사실조차 인지하지 못했다.

사실 작가로서의 의무감과 SNS 중독 사이의 괴리는 오래전부터 나를 괴롭혀왔다. 좋은 글을 쓰려면 많이 읽어야 한다는 것은 누구나 아는 진리다. 그런데 SNS를 하다 보면 책을 읽기가 싫어졌다. 책은 너무 길고 너무 진지하고 그래서 오래 걸렸다. 첫 장부터 시작해 마지막 장에 이르는 여정이 너무 가혹하게 느껴질 때도 있었다.

그런데 SNS를 그만두니 딴 길로 새던 시간들이 갈 곳을 잃고 돌아왔다. 일일이 시간의 용도를 지정해야 한다는 게 처음에는 낯설었지만 곧 적응할 수 있었다. '언제 이렇게 깜깜해졌지?', '왜 갑자기 해가 떴지?' 하면서 깜짝 깜짝 놀라는 일도 줄어들었다.

　무엇보다 놀라운 건 집중력의 변화였다. 예전에는 가까스로 책을 집었다가도 5분에 한 번씩 스마트폰을 확인하곤 했다. 알림이 오지 않아도 습관적으로 화면을 켜봤던 것이다. 하지만 SNS 앱을 지우고 난 후론 SNS로 자꾸 돌아가려는 관성도 함께 사라졌다.

　그렇다고 내가 엄청난 다독가로 탈바꿈한 것은 아니었다. 여전히 책을 오래 읽으면 졸리고 지루했다. 하지만 그건 그것대로 도움이 됐다. 내 인생의 숙원 사업이던 수면 불균형 문제가 자연스럽게 사라진 것이다. 초저녁부터 책을 붙들고 있으면 밤이 깊기 전에 저절로 잠이 왔다. 스마트폰을 붙들고 피드를 무한 스크롤 할 때의 피곤과는 질이 다른 '진짜 피로감'이 몰려와서였다. 뇌에서 소화할 수 있는 정보량이 많지 않은 탓이겠지만, 그래도 내게는 잘된 일이었다.

　지금은 어느덧 SNS를 끊은 지 1년이 되어간다. 가끔 궁금해서 SNS에 들어가 볼 때도 있고, 조금씩 내 소식을 올려보기도 하지만, 예전만큼 끌리지는 않는다. 오히려

글이
안 써지세요?
저도요

광고로 가득한 피드를 보다 보면 금방 지겨워진다. 도대체 왜 그렇게 중독됐었는지 의아할 지경이기도 하다.

앞으로도 영영 SNS를 하지 않겠다고 다짐한 것은 아니다. 언젠가는 다시 돌아갈 수도 있을 테지만, 그때는 예전보다 더 건강한 방식으로 사용할 수 있을 것 같다. 중요한 건 내가 선택권을 쥐고 있다는 사실이다. SNS가 나를 지배하는 것이 아니라, 내가 SNS를 도구로 쓸 수 있다는 자신감. 어쩌면 그게 이번 실험에서 얻은 가장 큰 수확인지도 모르겠다.

나는 "장인은 연장을 따지지 않는다"라는 말을 좋아
한다. 장인이 아니라면 이것저것 다 따져도 될 것 같
기 때문이다. 내가 특히 깐깐하게 보는 곳은 책상이다. 가
끔은 책상에 대한 집착이 강박처럼 느껴질 정도인데, 어
쨌든 책상 위 성에 안 차는 부분이 있으면 그날은 아무것
도 못 한다.

그래서 지금 내 책상에는 335만 원짜리 맥북 프로가
있고, 32인치짜리 스마트 모니터 두 대가 있고, 내 얼굴만

글이
안 써지세요?
저도요

한 스피커도 있으며, 취향껏 한 땀 한 땀 커스텀한 기계식 키보드도 있다. 매일매일 기분에 맞춰 교체하는 데스크 패드만 7개에, 여분의 키보드도 4개나 된다. 컴퓨터로는 타이핑만 하는 주제에 데스크테리어에 얼마를 썼나 가늠해 보니 700~800만 원이 훌쩍 넘는다. 마음에 안 들어 추방한 물건들까지 합하면 1,000만 원이 우스울 것이다.

그런데 정말 이상한 건, 이토록 완벽한 책상에서 도무지 작업이 안 된다는 점이었다. 나는 이 사실을 인정하기 힘들어 반년 정도 몸부림쳤다. 솔직히 본전 생각에 자괴감이 들었다. 내가 사람이라면, 아무리 스스로 번 돈일지언정 거금 투자에 대한 결과물을 내놓아야 옳았다. 그런데 책상에만 앉으면 조건반사처럼 머릿속이 흐리멍덩해지면서 능률이 떨어졌다. 뭔가 번뜩이는 아이디어가 생각나다가도 책상 앞에서는 빛을 잃었다. 의자가 문제일까 싶어 사무용 의자도 여러 번 바꿔봤지만 소용없었다.

내 책상은 깨끗하고 넓고 아름다웠다. 특히 사진으로 찍어 놓으면 이보다 완전할 수가 없었다. 오로지 나를 위해 존재하는 나만의 유토피아인데, 여기보다 요가 매트

위에서 글이 더 잘 써지는 이유를 도무지 알 수 없었다.

그러던 어느 날이었다. 나는 그날도 막막하기만 한 책상과의 협업을 내팽개치고 김밥을 배달시켰다. 그런데 문득 정신을 차려보니, 내가 그 김밥을 침대 위에 널브러진 채 씹고 있었다. 누워서 천장 무늬를 세며 우물거리는 김밥은 그 어떤 절경을 보며 먹는 것보다 맛이 좋았다. 예상과는 다르게 목이 막히지도, 불편하지도 않았다. 친구들은 조금만 비스듬한 자세로 먹어도 체한다던데 나에게는 너무나 가뿐한 일이었다. 신은 공평하다더니 나약한 정신머리 대신 튼튼한 위장과 식도를 준 모양이었다.

그렇게 얼마나 먹었을까⋯ 김밥이 동날 때쯤, 갑자기 머릿속에 종소리가 울렸다. '그래, 내가 밥도 누워서 먹는데 글이라곤 앉아서 쓸까?' 하는 깨달음이었다. 역시 책상에는 문제가 없었다. 문제는 자세였다. 나는 아마도 '앉아서' 생산적인 일을 하기가 죽기보다 싫은 모양이었다. 내가 책상이란 공간을 사랑하는 것도 사실이겠지만, 그건 책상을 이용하고 싶은 마음이 아니라 전시하고 싶은 마음 같았다.

돌이켜보면 학창 시절에도 교실에선 잠만 잤다. 뒷자리 친구가 내게 마취총을 쏘나 의심이 들 정도였다. 나는 10대 때 공부다운 공부를 해본 적이 없는데, 어른들이 나를 학습시키기 위해 책상머리에 봉인했기 때문인 것 같았다. 갑자기 지나간 시절에 대한 회한이 들었다. 누군가가 나를 앉히지 말고 눕혔다면 어땠을까? 아마 그래도 잠이 들었겠지만, 잠에서 깨어난 후엔 뭐라도 깨우쳤을지 모를 노릇이었다.

베개와 이불에 파묻힌 채 휴대폰 메모장을 켜니 그동안 틈틈이 써 놓았던 단발성 아이디어들이 가득했다. 책상에서 궁리할 땐 막혀 있던 생각들이, 누워서 바라보자 저절로 흘러가기 시작했다. 한결 풀어진 몸을 따라 문장들도 저마다의 길을 찾는 것 같았다. 자세를 바꾸는 것만으로 '쓸 만한 결과물을 만들어내야 한다'라는 심리적 압박감이 사라진 덕분인 듯했다. 마음이 편해지니 한 편의 글이 완성되는 속도도 훨씬 빨라졌다. 아마도 나의 효율성은 긴장감을 제거하는 방식으로 높아지는 모양이었다.

물론 단점도 있었다. 누워 있으면 허리는 편했지만, 목과 어깨, 팔은 앉아 있을 때보다 훨씬 더 뻣뻣해졌다. 휴대폰 화면을 계속 응시하기 위해 턱살을 겹치고 있자면 목주름이 생기는 느낌과 함께 자괴감도 느껴졌다. 게다가 누워 있으면… 자주 잠이 들었다. 창작과 낮잠의 경계가 허물어지다 못해 흐물흐물해지는 느낌이었다. 이런 단점들은 1시간마다 일어나 스트레칭을 해주는 식으로 보완할 수밖에 없었다.

여전히 누운 채로… 김밥으로 볼록해진 배를 두드리며 드문드문 떠오르는 과거의 순간들을 돌아보았다. 새 학기 자기소개 시간이 되면 나는 교탁 앞에 서서 이런 말을 하곤 했다. "저는 정지음이고 취미는 '누워 있기'입니다." 하도 누워만 있으니 부모님께서 교우관계를 걱정한 적도 더러 있었다. 하지만 난 친구가 없는 게 아니라 누워 있는 게 더 좋았을 뿐이다. 실연을 당해도 누워서 울었고, 엄마한테 혼나도 누워서 억울해했으며, 큰일이 났을 때도 누워서 발을 동동 굴렀다. 독립한 후로도 늘 자취방 부엌 찬장엔 누워서 음료를 마시기 위한 스포츠 물병들이 준비되어 있었다.

어쩌면 난 휴대폰 중독이 아니라 눕기 중독일지도 몰랐다. 휴대폰에 중독되어 누워 있는 게 아니라, 누워서

할 일이 휴대폰밖에 없으니 휴대폰을 못 놓는 것 아닐지.

　오늘도 스스로의 본질에 두어 발짝 가까워졌지만 기분은 썩 좋지 않았다. 그러나 나 자신이 나를 만족시키기 위해 존재하는 게 아니란 걸 받아들이기로 했다. 내가 남들처럼 책상 앞에 앉아 모든 일을 해결하는 슈퍼우먼이라면 참 좋겠지만, 안타깝게도 아닌 걸 어떡하겠는가?

　지난한 인생에서 배운 점이 하나 있다면, 단점을 부정하려는 노력이야말로 오히려 단점에 갇히는 지름길이라는 것이다. 세상은 늘 '올바른 자세'와 '올바른 방식'을 정해두고 나를 압박해 오지만, 압박은 옷 같은 거라고 생각한다. 벗어던지려면 얼마든지 벌거숭이가 될 수 있고, 심지어 갈아입을 수도 있다. 나는 이제 책상에 대한 집착을 벗어던질 준비를 해본다. 헛된 데스크테리어는 그만두고 누워서 쓸 수 있는 사무용품이나 모아볼 생각이다. '완벽한 환경'보단 '나다운 환경'을 추구하는 게 훨씬 중요하게 느껴진다.

2.

마음에서
종이까지

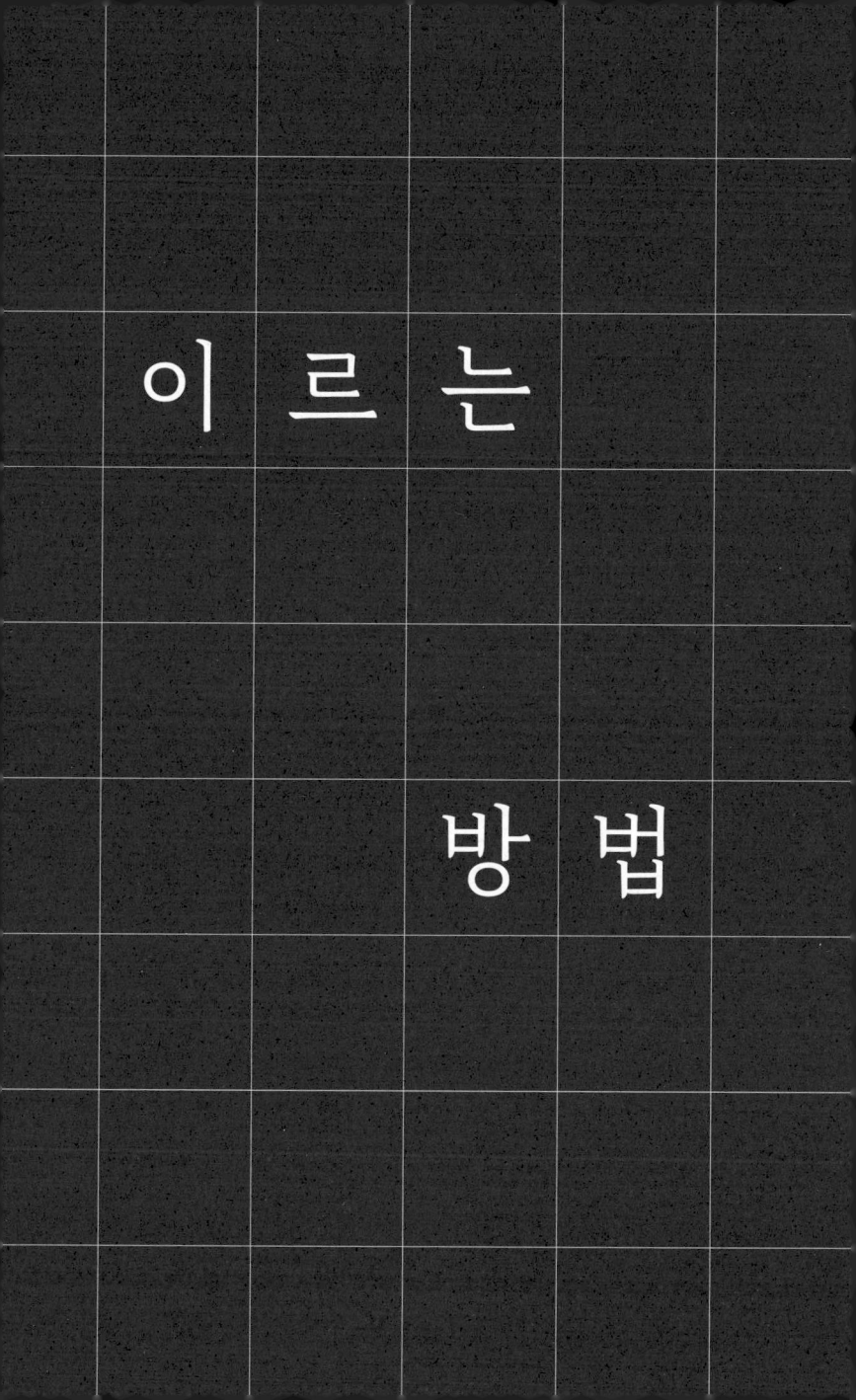

이 르 는

방 법

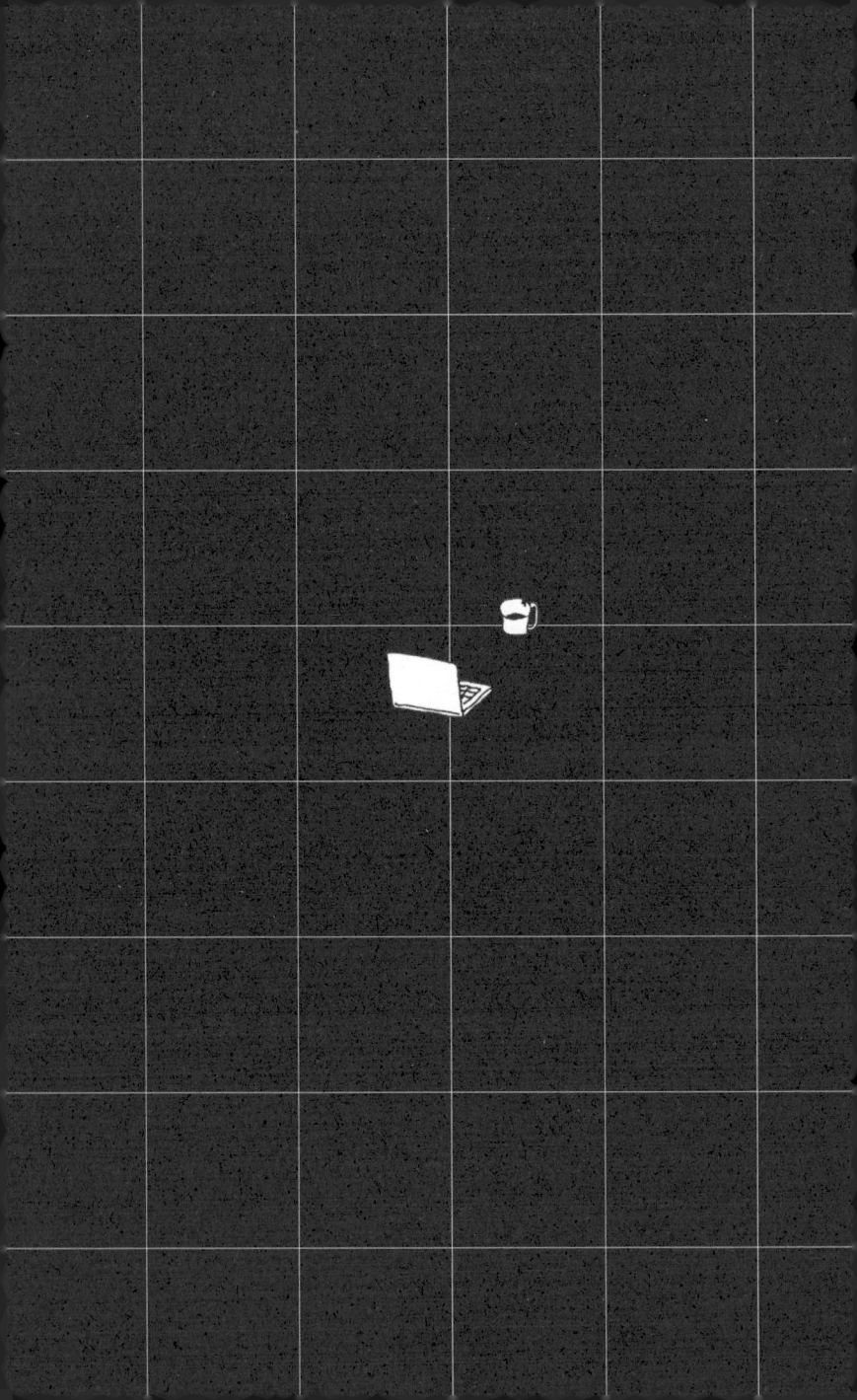

글 잘 쓰는 사람에게 비법을 물어보면 빠지지 않고
등장하는 조언이 있다. 메모를 생활화하라는 말이
다. 일상 속 번뜩이는 아이디어들을 흘려보내지 말고 소
중히 적어두라는 뜻이다. 그런데 나는 이런 말을 들을 때
마다 오히려 의문스러웠다. 일상에선 아무것도 번뜩이지
않는데, 뭘 어떻게 써두란 건가 싶어서였다.

　　실제로 나는 평생 헤비 메모러(?)였다. 다만 내 메모
장은 두서없고 어지러웠다. 마트 가서 사야 할 것들, 매달

돈 내야 할 곳들, 마감 늦은 걸 변명하기 위해 신중하게 작성한 사과문들, 인터넷에서 본 허무 개그 같은 것들로 온통 오염되어 있었다. 당연히 글쓰기에는 아무런 도움이 되지 않았다. 메모 앱을 여러 개 쓰면서 유료 결제까지 해봤지만, 뒤죽박죽인 메모장을 다시 열어보는 일도 거의 없었다.

메모장의 덕을 보려면 메모할 때도 일정한 기준과 규칙이 필요한 모양이었다. 나는 고민 끝에 '한 단어, 한 문장, 한 장면'이라는 단위를 정했다. 메모 앱에 '단어', '문장', '장면'이라는 폴더를 생성하고 무언가 떠오를 때마다 밑으로 쭈욱 노트를 추가하는 식이었다. 규칙이 너무 어렵고 촘촘하면 지키지 못할 테고, 일기식으로 모든 걸 한 곳에 적으면 결국 이도 저도 아니게 될 테니 이 정도 분류가 최선인 것 같았다.

처음엔 이것마저 부담스러웠다. '단어'라고 하면 뭔가 거창하고 문학적인 어휘만 선별해야 할 것 같고, '문장'이라고 하면 명언이나 잠언 수준의 깊이 있는 이야기만 발췌해야 할 것 같았다. 하지만 시작해보니 그렇지 않았

072

글이
안 써지세요?
저도요

다. 그냥 내 마음에 걸리는 것, 귀에 맴도는 것, 눈에 띄는 것들을 있는 그대로 적으면 되는 일이었다.

1. 단어 모으기

모으는 데 있어 가장 부담 없고 즐거운 건 단연코 '단어'였다. 단어를 모아둘 땐 뜻보다 어감과 발음에 집중했다. 지금 나의 메모장 단어 탭에는 '테트라포드', '밀실', '차차차', '어슴푸레' 같은 말들이 쓰여 있다. 대부분 별 뜻은 없지만, 입으로 글자를 굴릴 때의 느낌이 좋아 모아둔 것들이다.

신기하게도 단어 수집가가 되고 나서부터 삶에 낭만이 조금 생겼다. 전단지 광고 문구나 철 지난 노래 가사조차 음미의 대상이 되기 때문이었다. 한때는 귀를 막아도 들려오는 사람들의 온갖 말소리가 끔찍하기만 했는데, 가끔 소음 공해에서 보석 같은 단어들을 발견할 땐 마음이 절로 누그러들기도 했다.

단어 수집의 또 다른 묘미는 그 단어들 사이의 연결 고리를 찾는 일이었다. '어슴푸레'와 '희미하게'는 비슷하지만 '어슴푸레'가 더 따뜻한 느낌이고, '밀실'과 '방'은 같은 공간이지만 '밀실'엔 비밀스러운 긴장감이 있었다. 이런 미묘한 차이를 발견할 때마다 언어의 신비로움에 감탄하게 됐다. 미세하게나마 가용 어휘가 확장되는 효과도 있었다.

2. 문장 모으기

문장 폴더에는 좀 더 여러 가지 갈래의 재료들이 모였다. 첫 번째론 당연히 다른 여러 책에서 옮겨 적은, 다른 작가들의 좋은 문장들이었다. 적다 보면 문장을 넘어서 문단이 되는 경우도 태반이지만, 열심히 모으다 보면 자기 취향이 어떤지 알아가는 데도 큰 도움이 되었다. 내가 어떤 스타일의 문장을 좋아하는지 한눈에 알 수 있기 때문이었다.

다만 주의할 점도 있었다. 타인의 글에서 문장을 발췌할 땐 출처를 명확히 표기해 놓아야 한다는 점이었다. 혹시라도 내가 쓴 문장으로 착각해 나중에 무단으로 사용하는 일을 막기 위해서다.

두 번째론 내가 지은 문장들이었다. 가끔 언젠가는 꼭 글에 녹여보고 싶은 문장이나 단상이 떠오를 때가 있는데, 순간 강렬했던 느낌에 비해 잘 잊혀진다. 그래서 놓치지 않고 적어두는 것이 중요했다.

세 번째론 주변 사람들이 한 말들, 혹은 나에게 보낸 메시지 중 인상 깊은 것들이었다. 쓴소리일 수도, 응원의 한마디일 수도, 단순히 웃기기만 한 실없는 소리일 수도 있지만, 일단 적어두면 나중에 글 한 편을 뚝딱 만들어내는 재료가 되기도 했다.

3. 장면 모으기

장면 폴더에는 보통 어떠한 상황에 대한 설명이 담겼다. 예를 들어 '지하철에서 맨발로 다리를 꼬고 있던 아저씨가 아줌마를 침, 아줌마 열받아서 치우라고 소리 지름, 싸움 남' 혹은 '책꽂이에서 초등학교 4학년 때 만든 학급 문집 발견함, 내 일기 세 개 수록됨, 그중 두 개가 동생과 어머니에 대한 비난'과 같은 식이었다.

나중에 글로 쓰일 가능성이 제일 많은 게 여기 적히는 내용이기 때문에 최대한 자세히 기록해두었다. 이런 장면들을 적다 보니 평범하기만 했던 일상이 전과 달리 보이기 시작했다. 예전 같으면 그냥 지나쳤을 순간들이 하나하나 의미 있는 이야기로 다가왔다. 사람들의 작은 친절, 어색한 실수, 예상치 못한 반응들이 모두 글감이 될 수 있었다.

요즘은 실제로 겪은 일보다는 소설로 쓰일 만한 장면들을 적고 있다. 수준은 처참하여 예시로 가져오기도 민망하지만, 못마땅한 아이디어일지언정 자꾸 쓰고 읽고 다듬다 보니 어떤 건 제법 이야기가 될 만한 구색을 갖추기도 했다.

*

글 잘 쓰는 사람들이 메모를 강조하는 진짜 이유를 이제는 알 것 같다. 메모는 단순히 아이디어를 저장하는 창고가 아니라, 세상을 바라보는 눈을 기르는 훈련이었다. 평소라면 그냥 지나쳤을 순간들을 붙잡아 들여다보고, 그 안에서 의미를 찾아내는 연습이었다.

그러니 만약 지금도 '일상에선 아무것도 번뜩이지 않는다'라고 생각하는 사람이 있다면, 번뜩이는 게 없는 게 아니라 번뜩임을 알아보는 눈이 아직 생기지 않은 것

글이
안 써지세요?
저도요

일지도 모른다고 말해주고 싶다. 그리고 메모는 바로 그
눈을 만들어주는 가장 좋은 방법이다.

한국어 원어민의 경우, 일반적으로 수만 개의 어휘를 구사한다고 한다. 이 중 일상적으로 사용하는 단어인 활성 어휘는 20,000개, 이해는 하지만 자주 사용하지 않는 단어인 수동 어휘는 40,000개 수준으로 추정된다. 하지만 글을 쓰다 보면 저게 과연 맞는 이야기인지 의문이 생겨난다. 나도 모르게 익숙한 단어 몇 가지를 자꾸 돌려쓰게 되는 것이다.

　　나의 경우 '것이다'가 없으면 문장을 끝맺지 못한다.

'것이다'야말로 좋은 글쓰기를 위해 지양해야 하는 어휘 1위로 뽑히건만, 나는 매번 '것이다'의 마수에서 벗어나질 못하고 있다. 반복되는 '것이다' 때문에 글의 리듬이 단조로워지고, 때론 로봇의 말처럼 딱딱해 보인다는 걸 알면서도 어쩔 수가 없다. 내 이름보다 '것이다'라는 말을 더 자주 부르짖으니 '것이다'야말로 나의 자아 그 자체가 아닐까 싶다.

그밖에 자주 쓰는 말로는 '그러거나 말거나', '어쨌든', '어쩌면', '얼레벌레' 등이 있다. (이렇게 모아보니 역시 한 사람의 언어 습관은 그 사람 자체를 반영하는 것 같다.) 이런 단어들은 너무 자주 사용하는 나머지, 쓸 때마다 목의 가시처럼 걸리지만 내 머릿속에는 딱히 대체어가 없다.

그래도 해골만 긁적이고 있을 순 없다. 좋은 글을 쓰려면 자기 글의 단점을 끊임없이 보완하려는 노력이 필요하기 때문이다. 이때 가장 쉬운 방법은 국어사전을 가까이하는 것이다. 나는 주로 인터넷 국어사전을 사용한다. 단순히 단어의 뜻풀이를 나열해놓은 사전으로 무슨 공부가 되냐고, 그럴 바엔 책 한 권을 더 읽는 게 낫지 않냐고 묻는 사람도 있다. 하지만 국어사전은 글쓰기 수준을 단기간에 끌어올려주는 가장 강력하고 친절한 도구다.

요즘엔 고급 검색 기능도 활성화되어 '○○로 시작하는 단어', '○○를 포함하는 단어', '○○로 끝나는 단어' 등 좀 더 심도 있는 검색이 가능하다. 포털 사이트에서 무료로 이용할 수 있는 데다, 한 번의 검색으로 유의어와 반의어까지 파악할 수 있으니 더더욱 쓰지 않을 이유가 없다.

화가 난 상황을 묘사한다고 가정해 보자. 대부분의 사람이 '분노', '화', '짜증' 등의 키워드를 반복하며 글을 꾸려나갈 것이다. 하지만 국어사전에 '분노'를 검색해보면 힘들이지 않고도 '분개', '성을 낸다', '노발대발', '노여움', '부아', '분하다', '신경질', '격노' 등의 연관 단어 꾸러미를 얻을 수 있다. 이런 단어들을 글 속에 적절히 분배하다 보면, 같은 표현이 반복되어 글이 단조로워지는 현상도 어느 정도 예방할 수 있다. 그럼 결과물에 생동감이 생기고, 쓰는 속도도 빨라지며, 당연히 퇴고에 걸리는 시간도 줄어든다.

시간이 빌 때 특정 주제나 감정에 관련된 단어들을

글이
안 써지세요?
저도요

마인드맵 형식으로 정리해 두는 것도 효과적인 방법이다.

예를 들어 '기쁨'이라는 중심 단어를 놓고, 연결되는 표현들(행복, 즐거움, 만족, 희열, 환희 등)을 가지처럼 뻗어 나가게 하는 것이다. 더 나아가 각 단어에서 또다시 가지를 뻗어 더 세세한 표현이나 예문들을 추가할 수도 있다. 이렇게 눈도장을 찍어놓은 말들은 무의식 속에 가라앉아 있다가 적재적소에 떠올라 제자리를 찾아간다. 어떤 상황에서든 꺼내 쓸 수 있는 나만의 어휘 데이터베이스가 생기는 셈이다.

국어사전 검색 내역을 모아 자신만의 언어 지도를 꾸리고 분석해볼 수도 있다. 앞서 언급한 것처럼, 자주 사용하며 찾아보는 단어들은 그 사람의 성격과 사고방식을 반영하기 때문이다. 내가 '어쨌든'이라는 표현을 빈번히 사용하는 이유는 갑자기 결론짓는 습관이 있어서다. '그러거나 말거나'라는 표현을 곧잘 쓰는 이유도 번거로운 주제에서 얼렁뚱땅 벗어나려는 욕구가 강해서일 것이다. 이렇게 얻은 인사이트를 다시 자신의 글쓰기에 대입해보면, 다른 사람의 피드백 없이도 스스로 장단점을 객관적인 시선으로 파악할 수 있다.

국어사전과 함께라면 여러 가지 재미있는 프로젝트도 가능해진다. 나는 가끔 아무 목적 없이도 사전에 수록된 단어들을 죽 훑어보는데, 그러다 보면 전혀 생각지도 못한 글감이 떠오르기도 한다. 때론 단어가 아니라 속담, 관용구일 때도 있다. '가까운 남이 먼 친척보다 낫다'라는 속담에서 아플 때 가족보다 빨리 자취방에 와준 친구와의 에피소드를 떠올리기도 하고, '아가리 마구 난 창구멍인가'라는 표현을 보고 경망스러운 말실수 때문에 고초를 겪었던 지난날을 기억해내기도 한다.

정해진 틀을 벗어나 글쓰기에 우연성과 우발성을 부여하다 보면, 쓰는 일 자체가 놀이처럼 흥미로워진다. 우연히 마주친 낯선 표현들이 참신한 발상으로 이어지고, 그 생각들이 다시 새로운 영역의 글쓰기로 연결되는 것이다.

가끔은 내 머릿속에 국어사전을 이식할 수 있다면 얼마나 좋을까 생각해본다. 하지만 그런 일은 일어날 수 없으니, 매일 국어사전 사용량을 조금씩 늘려 머릿속 어휘 창고를 채우는 수밖에 없다. 지금 내 머릿속은 황무지 같지만, 부지런히 씨앗을 뿌리고 가꾸다 보면 언젠가는 생생한 단어와 표현들이 넘치는 꽃밭이 될지도 모른다. '머리가 꽃밭'이라는 표현은 현대사회에서 다소 부정적으로 쓰이지만, 풍부한 우리말로 피어난 꽃밭이라면 참 괜찮을 것 같다는 생각이 든다.

　　우리는 일상생활에서 생각보다 많은 비유 표현을 사
　　용한다. '시간은 금이다', '쏜살같이 빠른', '햇살처럼
따뜻한 미소' 등 평범한 언어생활 곳곳에도 비유가 스며
들어 있다. 비유는 단순한 수사적 장치에 그치지 않고, 사
람들이 세상을 인식하고 이해하는 방식에도 깊이 관여한
다. 추상적이거나 복잡한 개념을 친숙하고 구체적인 대상
에 빗댐으로써, 해당 개념에 대한 다층적인 이해를 돕는
것이다.

물론 모든 비유가 참신하고 새로운 건 아니다. 앞서 예시로 든 것처럼 너무 평이한 비유들은 그 자체로 관용어 같아서 오히려 진부하게 느껴질 수 있다. 그렇다면 어떻게 해야 효과적인 비유를 쓸 수 있을까? 쓰는 나도 재미있고 읽는 이도 공감할 수 있는 표현을 설계하려면 어떻게 해야 할까? 정답은 없지만, 비교적 손쉬운 방법들을 소개해보려 한다.

1. 예상치 못한 조합을 찾는다

노르웨이 작가 요 네스뵈는 소설 《박쥐》에 이런 표현을 썼다. "폭력은 코카콜라와 성경 같아. 고전이지." 만약 "폭력은 인류 역사의 고전적인 현상이다"라고 했다면, 이 대사는 그리 인상적이지 않았을 것이다. 하지만 '고전'이라는 속성으로 전혀 연관성 없어 보이는 세 가지 개념을 하나로 묶으면서 기억에 남는 표현이 되었다.

이처럼 전혀 다른 영역에 속한 두 가지 이상의 대상을 엮으면 단순히 나열하는 것만으로도 낯선 맥락을 생성할 수 있다. 하지만 쉽지 않은 방법이기도 하다. 이런 식의 비유를 자유자재로 구사하기 위해서는 평소에 주변 사물과 상황의 본질을 집요하게 탐구하는 습관이 필요하기 때문이다.

2. 읽는 이와의 공감대를 섬세하게 고려한다

아무리 신선한 비유라도 일단은 알아들을 수 있어야 한다. 글이란 쓰는 자의 주관적인 세계를 펼쳐놓는 활동이지만, 언제고 읽는 이에 대한 배려가 우선되어야 하기 때문이다. 따라서 글 쓰는 사람은 항상 비유에 사용되는 소재가 너무 사적이거나 독자의 이해와 동떨어지지는 않는지 점검해야만 한다.

만약 '그 여자는 우리 언니 같이 생겼다'라고 쓴다면 어떨까? 뜻을 파악하는 사람이 거의 없을 테니, 문장 뒤로 부차적인 설명이 따라줘야 할 것이다. 하지만 부연 설명이 길어질수록 비유의 효과는 떨어질 확률이 높다. 왜 웃긴지 설명해야 하는 농담이 매력 없는 것과 같은 이치다.

3. 오감을 결합시킨다

탁월한 비유에는 시각·청각·후각·미각·촉각 같은 오감의 표현이 자주 쓰인다. 한 가지만 사용해도 효과적이겠지

글이
안 써지세요?
저도요

만, 이 중 두 가지를 조합하면 더욱 유머러스하고 신선한 느낌을 줄 수 있다. "눈은 물기가 말라버려 감으면 쓰리고 뜨면 따가웠다. 눈꺼풀 안에 눈알 대신 3년쯤 말린 곶감이 들어 있는 것만 같았다. 그래도 그 곶감으로 몇 가지 정보를 얻었다." 정유정 작가의 소설《내 심장을 쏴라》속 문장이다. '쓰리고 따갑다'는 촉각적 통증 묘사에 '말린 곶감'이라는 (건조하고 쪼그라든) 시각적 이미지가 더해지자 화자가 겪는 고통이 한층 생생하게 다가온다.

이처럼 감각의 융합에는 독자의 상상력을 극대화하고, 추상적인 감정이나 상황을 더욱 구체적으로 경험시키는 힘이 있다. 빨간색과 하얀색을 섞어 분홍색을 만들어내듯 글쓴이의 언어적 팔레트를 더욱 다채롭게 만들어주기도 한다.

4. 한자어 해체를 통해 핵심 속성을 파악한다

비유하고자 하는 소재나 관념이 한자어일 경우, 그 단어를 해체하고 본래의 의미를 탐구하는 과정 자체가 실마리로 작용하기도 한다. 가령 '고통(苦痛)'이라는 현상에 대한 비유가 필요하다고 가정해보자. 이 단어는 '쓸 고(苦)'와

'아플 통(痛)' 자로 이루어져 있다. '쓰고 아픈' 것이야말로 고통의 핵심 속성이라는 뜻이다. 여기서부터 발상을 확장해 온갖 쓰고 아픈 상황을 헤아리다 보면 적절한 비유 표현을 떠올리기 한결 수월해진다. '쓰다'에 집중하면 '사탕 없이 한약을 삼킨 것처럼', '쉼 없이 소주를 들이켤 때처럼' 고통스럽다는 표현이 떠오를 수 있고, '아프다'에 포커스를 맞춰도 '고슴도치를 밟은 것처럼', '깡패에게 얻어터진 것처럼' 같은 표현을 생성해낼 수 있다.

5. 평범하고 흔한 비유에 구체성을 더한다

좋은 비유라면 흔해서는 안 될 것 같지만, 꼭 그런 것만은 아니다. 클리셰처럼 널리 쓰이는 비유라도 상황이나 대상을 구체화시켜 좀 더 참신하게 만들 수 있다. 예컨대 '그는 하이에나 같은 인간이다'라는 문장 중간에 '고기 조각만 보면 침을 줄줄 흘리는', '무리에서 제일 발이 느린' 등의 표현을 더하는 식이다. 하이에나라고만 표현해도 비겁하고 탐욕스러운 이미지를 전하기에 충분하지만, 약간의 설명을 보태면 단순한 인상 비평을 넘어 더욱 생생하고 개성적인 캐릭터 묘사로 발전시킬 수 있다.

글이
안 써지세요?
저도요

6. 비유를 통해 서사를 만든다

때로는 하나의 비유 표현 안에 짧은 이야기가 담기기도 한다. 예를 들어, "그의 마음은 오래된 냉장고 같았다. 아무리 꾹 닫아도 냉기가 새어 나와 안에 든 것들이 전부 상하고 말았다. 신선하지도 따뜻하지도 않은 그를 원하는 사람은 아무도 없었다."라고 쓴다면, '냉장고'라는 비유 하나로 긴 세월 이어진 고립과 단절을 풀어낼 수 있다. 비유가 단어 수준에서 문장과 문단 수준으로 성장하며, 새로운 방식으로 읽는 사람의 눈길을 사로잡게 된다.

*

사실 좋은 비유란 멀리 있지 않다. 멀리 있을 수도 없다. 내가 이미 아는 것, 자주 보는 것, 겪고 생각한 것에서만 파생되기 때문이다. 다만 비유는 숨어 있다. 그러니 언제나 주변 세계에 호기심을 갖고, 의식적으로 상상력의 끈을 붙들려는 노력이 필요하다. 일단 바라보아야 달리 볼 수도 있기 때문이다.

현재 당신을 둘러싼 순간들은 무엇과 닮았는가? 오

늘 마주한 감정은 어떤 색깔이고, 어떤 온도이며, 어떤 소리를 내는가? 일단은 이런 질문에 익숙해져 보자. 처음엔 엉성하고 어색해도 띄엄띄엄 답을 달다 보면 언젠간 주변의 모든 것이 풍부한 의미 값으로 가득해질 것이다.

글이
안 써지세요?
저도요

작가는 본인만의 고유한 정서를 렌즈 삼아 세상을 구경한 후, 내면에 저장된 풍경을 글로 옮기는 사람이라고 생각한다. 그래서 나는 쓰는 이의 '핵심 정서'가 필력보다 중요하다고 여긴다. 작법은 학습과 숙련을 통해 발전할 수 있지만 한 개인이 세상을 인지하고 반응하는 방식은 쉽게 바뀌지 않기 때문이다. 화려한 수사나 기교로 치장하더라도 진정으로 마음에서 우러나오는 고유한 감정의 결은 문장 곳곳에 자연스럽게 드러난다.

때로는 '핵심 정서'가 단순히 타고난 성향이라기보다 삶을 대하는 태도나 지향점일 수도 있다. 부정적인 감정을 자주 느끼는 사람이라도 늘 긍정적인 면을 찾으려 노력하는 태도를 꾸준히 추구한다면, 그러한 노력 자체가 그 사람의 고유한 핵심 정서가 될 수 있다. 편의상 '핵심 정서'라 표기하지만, 스펙트럼이 매우 넓은 개념이기 때문이다.

　　실제로 내 지인 중 한 명은 아무리 생각해도 자기의 핵심 정서가 무엇인지 모르겠다고 말한다. 어떤 날은 땅굴을 파듯이 부정적이고, 또 어떤 날은 세상 누구보다 긍정적이라는 것이다. 두서없고 통일되지 않아도, 이런 모습조차 충분히 그 사람만의 핵심 정서가 될 수 있다. 사안에 따라, 입장에 따라 다채로운 시선을 꺼내 보일 수 있는 것도 나름의 장점이기 때문이다.

　　핵심 정서를 탐구할 땐 '나는 주로 어떤 감정을 강하게 느끼는가?'라는 질문이 유효하다. 잘 모르겠다면, 내가 가장 많은 에너지를 할애해 소화하는 심정이 무엇인지 곰곰이 생각해보는 것이다. 하루치 감정의 정산이 끝나면

글이
안 써지세요?
저도요

한 달, 반년, 1년, 10년, 평생 단위로 질의응답을 확장해보자. 내 인생을 사로잡고 놔주지 않는 지배적 감정, 내게 완전히 고착되어 나를 조종하는 근본 정서가 무엇인지 두어 가지를 꼽아보는 것이다.

내면적 성찰이 어렵다면, 아예 '관찰자의 시선'을 가져볼 수도 있다. 마치 제삼자가 된 듯 자신의 삶을 객관적으로 바라보는 연습을 하는 것이다. 나만의 행동 패턴, 습관적인 사고방식, 타인과의 관계를 맺는 법 등을 주의 깊게 관찰하다 보면 특정한 상황에서 되풀이되는 감정 패턴을 발견하게 되기도 한다.

물론 자신의 핵심 정서를 정면으로 마주하는 일은 쉽지 않다. 때로는 애써 외면해왔던 과거의 쓰라린 상처와 대면해야 할 수도 있고, 남들에게 숨기고 싶었던 어둡고 연약한 그림자를 인정해야 할 수도 있다. 아무리 반문해도 자신의 핵심 정서가 무엇인지, 힌트조차 잡히지 않는 경우도 허다하다.

하지만 조급할 필요는 없다. '핵심 정서'란 마음의 기후와도 같아서 획일적인 정답이나 옳다고 규정된 형태가 없기 때문이다. 매일매일의 감정적 날씨가 모여 인생 전체의 기후를 이룬다고 생각하면 이해하기 쉽다. 억지로 맑은 하늘만 그리려 애쓸 필요도 없고, 비 오는 날을 부끄러워할 이유도 없다. 중요한 것은 자신의 마음속에 드리운 풍경을 있는 그대로 바라보고, 그것을 자신만의 언어로 표현하려는 솔직한 태도다.

나의 경우, 가장 도드라지는 핵심 정서는 '짜증'과 '분노'다. 언제나 삶의 아름다운 면보다는 그 이면에 있는 추악함에 먼저 눈길이 갔고, 희망보다는 절망에 민감하게 반응하곤 했다. 아마 타고난 예민함과 고집스러운 성격이 영향을 미쳤을 것이다. 처음엔 인정하기 싫었지만 이제는 그러려니 하게 되었다. 부정적인 감정들이야말로 내 글쓰기의 원천이라는 걸 알게 되어서였다.

나는 행복하거나 기쁠 땐 오히려 할 말이 없어진다. 정말 행복한 순간에도 '행복하다'는 단순한 느낌 외에는 별다른 문장이나 이야기가 떠오르지 않는다. 반면 화가 나거나 부당하다고 느낄 땐 입에서 팔만대장경이 터져 나온다. 말로 담아내기 벅찰 만큼 생각이 많아져 차라리 글로 쓰는 것이 수월할 정도다.

항상 따뜻하고 사려 깊은 시선으로 세상을 보는 사람이 되고 싶었는데 아무리 노력해도 그런 일은 불가능하다. 억지로 긍정적인 상태를 꾸며낼수록 글이 안 나오거나, 나 자신조차 설득하지 못하는 공허한 글이 되어버린다. 진실되지 않은 글은 가까스로 완성해도 읽을 때마다 부끄럽다. 쓰나 마나 한 글을 몇 번이나 썼다 지워보면서, 역시 글쓰기엔 솔직함만이 능사라는 것을 배웠다.

그렇다고 짜증과 분노만으로 가득 찬 글을 지속할 생각은 없다. 지나치게 날카로운 감정은 쓰는 사람에게나 읽는 사람에게나 피로감을 주기 때문이다. 그래서 나는 요즘 짜증과 분노에 나름의 유머를 섞어 감정을 중화하는 방식을 연구 중이다. 개그맨이 아니기에 폭소까지 설계할 순 없지만, 되도록 피식 웃음이라도 지을 수 있는 내용을 중간중간 끼워 넣으려 노력한다. 때로는 냉소적인 시선으로 세상을 비꼬고, 때로는 과장된 표현으로 암담한 현실을 희화화하는 글을 쓰는 사람이 되고 싶다. 진지하게 망한 상황을 '짜부라진 개구리'에 비유한다든지, 정말 죽도록 싫어하는 사람을 '씹다 뱉은 미더덕'이라 표현한다든지 하는 식이다.

다행히 이런 시도는 어느 정도 효과가 있다. 내가 글 속에 섞으려고 애쓴 솔직함과 유머가 통했다는 생각이 들 때마다 독자들과 내가 연결되어 있다고 느낀다.

그 연결감은 내 글쓰기에 커다란 동기부여가 된다. 나만의 정서를 내 식대로 풀어낸 글이 누군가에게 공감과 위로가 된다는 사실이 글쓰기를 더욱 즐겁게 만든다. 내 글이 커다란 상을 받거나 수많은 사람의 귀감이 되지 않아도 좋다. 꾸밈없이 써 내려간 글로 누군가에게 온전한 이해와 응원을 받을 수 있다면 그것만으로도 꽤나 행복한 삶이다.

나만의 렌즈를 통해 느끼며 그려낸 세상의 풍경이 모든 이에게 아름답진 않을 것이다. 때론 나조차 나라는 사람의 부족함과 치졸함에 기가 찬다. 하지만 나는 진실한 감정을 숨기거나 포장하여 멋져 보이는 것보다 계속 솔직하길 추구하고 싶다.

글쓰기의 의미는 아름다움만을 전시하는 데 있지 않다. 세상의 다양한 감정들을 있는 그대로 드러내고, 그것을 통해 서로 이해하고 연결되도록 돕는 데 있다. 나의 다소 투박하고 거친 글이 누군가의 마음속에 작은 파동을 일으키고, 자신만의 색깔을 찾아 표현할 수 있는 용기를 줄 수 있다면, 나는 그걸로 충분히 만족한다.

얼마 전, 친구들과 2박 3일 제주도 여행을 다녀왔다. 신명 나게 돌아다니며 배 터지게 먹고 노는 평범한 일정이었지만, 한 가지 다른 점이 있었다. 큰마음 먹고 구매한 액션캠으로 우리 모습을 샅샅이 기록한 것이다. 비행기 타는 장면부터 숙소 들어가는 순간, 밥 먹고 차 마시는 모습, 민낯으로 수다 떠는 과정까지. 아기 주먹만 한 카메라를 들고 섬 곳곳을 누비며 총 40GB 분량의 동영상 60개를 얻었다. 잠시나마 여행 유튜버라도 된 듯 신이 났다.

그러나 막상 집으로 돌아오니 그것들을 건드리기가 어찌나 막막하고 귀찮던지! 파일들을 순서대로 이어 붙이면 될 줄 알았는데 그렇지 않았다. 2박 3일 분량의 영상을 편집하는 데 꼬박 2박 3일이 걸렸다.

영상 편집은 너무나 지루했다. 끊어도 무방한 0.1초의 찰나를 찾기 위해 같은 장면을 수십 번 돌려봐야 했고, 나름 영양가 있는 장면들만 추려도 이어 붙이면 어색해서 섬세한 컷 편집이 필요했다. 움직임은 없지만 대화가 활발한 구간엔 일일이 자막을 달아야 겨우 볼만해졌다.

편집 과정에서 가장 놀라웠던 건, 우리가 얼마나 많은 순간을 놓치고 사는지 깨닫게 되었다는 점이다. 당시에는 그냥 스쳐 지나갔던 순간들이 영상으로 다시 보니 나름의 의미를 지니고 있었다. 친구가 무심코 던진 농담, 창밖 풍경, 메뉴 고르며 나눈 시시콜콜한 대화들이 모여서 '여행'이라는 경험을 완성하고 있었던 것이다.

심혈을 기울인 브이로그는 자그마치 67분짜리 대서사시가 되었다. 이것저것 때려 넣다 보니 웬만한 다큐멘터리 한 편 분량이 된 것이다. 졸린 눈을 비벼가며 만들 땐 '내가 대체 무슨 부귀영화를 누리자고? 어디 올릴 것도 아니고 우리끼리만 볼 건데…' 싶었지만, 막상 완성되니 뿌듯함이 이루 말할 수 없었다.

무엇보다 좋은 건 여행을 완전히 소유했다는 느낌이었다. 셀카만 남은 지난 여행들은 시간이 지날수록 기억나는 부분이 별로 없었다. 일상으로 복귀하자마자 여행지에서의 설레던 순간들은 까맣게 잊혀졌다. 하지만 이번엔 달랐다. 유튜브 비밀 링크 하나면 언제 어디서나 67분 동안 제주도로 돌아갈 수 있었다.

문득 요즘 자주 하던 생각의 답을 찾은 듯했다. '글은 써서 뭐하나? 매년 수많은 글을 쓰는데, 그 글들에 무슨 의미가 있나?' 하던 고민 말이다. 글도 결국 기록이라는 측면에서 영상과 다르지 않은 것 같다. 여행 브이로그로 여행을 소유하듯, 삶에 대해 씀으로써 삶의 일부분을 소유하게 되는 것 아닐까. 어쩌면 나는 남들보다 뒤떨어지는 기억력 때문에 글을 써왔는지도 모른다. 필요할 때마다 꺼내볼 수 있도록 인생 데이터를 축적해두는 셈이다.

영상과 글의 차이점이 무엇인지도 생각해봤다. 영상은 그 순간의 분위기와 감정을 고스란히 담는다. 친구들

글이
안 써지세요?
저도요

의 웃음소리, 바람 소리, 파도 소리까지. 하지만 글은 조금 다르다. 글로 기록할 때는 그 순간 내가 무엇을 느꼈는지, 무슨 생각을 했는지가 더 중요해진다. 외부 상황보다 내면의 변화 중심으로 서술되고 편집되는 것이다. 그래서 영상은 '그때 그곳에서 무슨 일이 있었는지'를, 글은 '그때 내가 누구였는지'를 알려준다.

실제로 삶이 공허해지거나 길을 잃은 듯한 기분이 들 때면 그간 써놓은 글들을 읽어보곤 한다. 하나하나는 단순한 흔적이지만, 모아놓으면 삶의 궤적이었다. 물론 늘 만족스러운 답을 찾는 건 아니었다. 특히 지난 글을 읽을 때면 '왜 이런 식으로밖에 못 썼나!' 싶어 얼굴이 화끈거릴 때가 더 많다. 그러나 기술적으론 마음에 안 들어도, 과거의 내가 스스로에게 남겨놓은 힌트를 발견할 때면 늘 대견한 마음이 들었다. 옳든 그르든, 잘 썼든 못 썼든, 과거의 내가 열심히 다듬은 문장들이 현재의 내게 알 수 없는 힘을 전해줬다.

과거의 글을 읽는 경험은 정말 묘하다. 분명 내가 쓴 글인데도 다른 사람이 쓴 것처럼 낯설 때가 있다. 특히 몇 년 전 글들을 보면 '이게 정말 내 생각이었나?' 싶을 정도이다. 하지만 그 낯섦 속에서도 묘한 친숙함이 느껴진다. 표현은 어설프지만, 그 안에 담긴 고민이나 감정은 지금의 나와 이어져 있기 때문이다.

과거의 나와 만날수록 현재의 내가 어떤 사람인지도 선명해지곤 한다. 예전 글을 읽으면 '아, 그때는 이런 생각을 했구나', '왜 사소한 것에 목숨을 걸었을까?' 돌이켜보게 되는 동시에, 내가 얼마나 달라졌는지 혹은 달라지지 않았는지도 확인할 수 있기 때문이다.

처음엔 예전에 쓰고 치워버린 글들을 굳이 찾아 읽는 게 민망했다. 내게서, 그것도 더 어릴 때의 창피한 과거에서 무엇을 배우겠나 싶었다. 하지만 의외로 바로 그 창피함 자체가 성장의 척도였다. 발전하지 않았다면 창피함을 감지할 수조차 없기 때문이다. 이걸 깨달은 후로는 옛글을 읽을 때마다 찾아오는 수치심이 반갑게 느껴지기도 한다. 결국 과거의 나를 부끄러워할 수 있다는 것 자체가 현재의 나를 긍정하는 일이었다.

최근에는 글을 쓸 때 미래의 나를 의식하게 됐다. '몇 년 후 이 글을 다시 읽게 되면 나는 또 어떤 생각을 할까?'

하면서 말이다. 아마 지금 쓰고 있는 이 글도 언젠가는 부끄러워질지 모르겠다. 하지만 그래도 좋다. 그 부끄러움이야말로 내가 계속 성장하고 있다는 증거가 될 테니까. 결국 글쓰기는 과거의 나와 화해하고, 현재의 나를 기록하며, 미래의 나에게 선물을 남기는 일인 것 같다.

자정이 넘었다. 이미 마감날이다. 몇 시간 후 아침이 밝으면 편집자님이 출근해 원고 도착 여부를 파악하실 테니 그전에는 꼭! 보내줘야 하는데, 내 모니터 속은 좀처럼 진전이 없다.

아무 생각도 안 하는 건 아니다. 양질의 생각을 못 할 뿐이지…. 시간이 흐를수록 나는 점점 가득한 채로 텅 비어간다. 그럴 때면 몸이 깨끗해도 샤워를 한다. 이상하게도 물소리를 듣고 있으면 좋은 아이디어가 번뜩 떠오

글이
안 써지세요?
저도요

를 때가 있다. 샤워로 부족할 땐 밀린 설거지를 해치우기도 하는데, 요즘은 날이 너무 더워서인지(?) 물의 힘을 빌리는 것도 영 시원치 않다. 기약 없는 영감을 위해 애꿎은 수자원을 낭비할 수도 없으니 이럴 때는 색다른 접근법이 필요하다.

글이 안 써지는데 아직 소재조차 없는 경우엔 친구들과 나눈 카카오톡 대화를 쭈욱 다시 읽어보곤 한다. 너무 일상적이고 두서없는 이야기들이라 그냥 지나치기 쉽지만, 채팅창이야말로 현재 나의 생활과 관심사와 고민거리가 응축된 곳이라서다. 뉴스 기사나 유튜브 영상 링크도 심심찮게 오가고, 그에 대해 왈가왈부하는 과정에서 여러 사람의 의견을 들을 수도 있으니 이보다 좋은 소재 창고는 없는 셈이다.

그래서 난 재미있는 대화가 생길 때마다 "이거 나중에 글로 써도 돼?"라고 미리 허락을 받아둔다. 다행히 내 친구들은 글 속 주인공이 되는 데 거부감이 없어서 언제든 쓰라고 응원을 해주는 편이다. 마우스 휠을 올리며 나에게 벌어진 일, 친구들이 겪은 일, 온갖 끔찍하거나 감동적인 사건들을 되짚다 보면 그중 하나는 반드시 소재거리가 되기 마련이다.

그러나 겨우 찾은 소재를 글쓰기에 녹이려는 순간, 이상한 일이 벌어진다. 말로 하자면 30분도 떠들 수 있는 이야기가 글로 쓰려면 너무 어려워지는 것이다. 웃긴 얘기는 딱딱해지고 진지한 얘기는 바람이 빠진 것처럼 허무해진다. 그러다 보면 애초에 글감을 잘못 골랐나 헷갈리기도 한다.

왜 이런 일이 벌어질까? 나는 그 이유가 글쓰기에 대한 선입견 때문이라고 생각한다. 글이란 뭔가 공식적이고 정중해야 한다는 강박, 완전식품처럼 모든 영양소가 가득한 것을 만들어야 한다는 의무감이 앞서는 것이다. 살면서 배운 글쓰기 규칙들이 알게 모르게 머릿속에서 검열관 역할을 하면서, 더더욱 자연스러운 글쓰기를 방해하는 듯하다.

이럴 땐 쓰고자 하는 내용을 좀 더 '말하기'에 가까운 글로 바꾸어보는 것이 좋다. 나는 주로 편지글이나 인터뷰 형식을 차용한다. 일상적인 내용이 막힐 땐 편지글이, 다소 관념적이거나 진지한 내용이 막힐 땐 인터뷰 형식이 좋은 것 같다.

편지글은 가까운 대상을 수신자로 상정하기 때문에 자연스럽게 친근한 말투가 나온다. 각 잡고 작문을 하기보다는, '너는 요즘 어때? 나에게는 이런저런 일이 있었어'라고 털어놓듯 편하게 접근할 수 있다. 요즘 말로 '썰 풀듯이' 이야기를 진행하다 보면 경직된 글 분위기도 한층 풀어지고, 문어체 특유의 어색함도 중화된다.

예를 들어 어머니와 다툰 일에 대해 쓴다고 가정해보자. 언제든 있을 수 있는 해프닝에 불과한 일이지만, 막상 글로 옮기려 하면 왠지 되바라져 보이는 느낌이 있다. 그러나 친한 친구에게 보여줄 편지라고 생각하면 적어도 유교적 죄책감에선 좀 더 자유로워진다.

인터뷰 형식은 또 다른 장점이 있다. 우선 질문이 있고, 그것에 답하는 방식의 글쓰기이기 때문이다. 이 방법은 '쓰고는 싶으나 정작 나도 잘 모르는 소재'를 다룰 때 유용하다. 두루뭉술한 키워드일지라도 질문과 대답을 반복하다 보면, 복잡하게 얽혔던 생각이 한 줄기로 정리되는 것이다.

스스로에게 '왜 그런 생각을 했는지', '그 후 어떤 행동을 했는지', '지금은 무엇이 달라졌는지'를 묻고, 대답의 순서를 정돈하다 보면 순식간에 글 한 편이 뚝딱 완성되곤 한다. 질문다운 질문이 궁할 때면 인터넷에서 다른 사람들이 비슷한 주제로 진행한 인터뷰를 보며 힌트를 얻을 수도 있다. (물론 답변까지 참고해서는 안 된다.)

이런 방법으로 초고를 완성한 후에도 손을 보긴 해야 한다. 내용이 잡담에 그치진 않는지, 한 편의 글로 읽기엔 호흡이 뚝뚝 끊기지 않는지 점검해보는 과정이 필수다.

사람에 따라, 혹은 쓰려는 글의 성격에 따라 이 과정이 더 번거로울 수도 있다. 그러나 백지상태에서 완벽한 글을 뽑아내려다 새벽 3시를 맞이하는 것보단 어설프더라도 일단 글의 뼈대를 세우는 편이 훨씬 낫다. 그렇게 만들어진 초고가 생각보다 괜찮을 때면 역시 글쓰기에 정해진 답은 없다는 걸 깨닫게 된다. 모로 가도 서울로만 가면 된다는 옛 성현들의 말씀이 떠오르기도 하고. 그 성현들 중 누군가는 '글은 엉덩이로 쓰는 것'이라는 말씀도 했지만…. 일단은 오늘 밤의 내가 살아야 내일 사용할 엉덩이 힘도 비축되는 것이란 생각이 들 뿐이다.

가까스로 메일을 보내놓고 꾸물꾸물 이불 속으로 파

글이
안 써지세요?
저도요

고들 때면, 모래알이 흩뿌려진 듯 까끌까끌한 눈알 안쪽으로 엄청난 후회가 밀려든다. '어차피 할 일, 꼭 이렇게 힘들게 해야겠니?!' 스스로에 대한 분노가 치밀기도 한다. 다음엔 제발 미리미리 쓰자고 다짐하지만, 어쩐 일인지 그 다짐만은 반복되기만 할 뿐 지켜지지 않는다.

에세이를 쓰다 보면 나의 이야기를 주야장천 털어놓는 행위에 싫증이 날 때가 있다. 나를 이렇게나 드러내는 일에 무슨 의미가 있을까? 나라는 사람을 설명하기 위해 소모되는 에너지와 지면이 별스러운 낭비는 아닌지. 특히 나조차 직면하기 싫은 내 모습에 대해 쓸 때면 의문은 더욱 짙어진다. 쓰기 싫은 이야기가 읽기 좋은 이야기일 리 없다는 확신 때문이다.

그럴 때면 글 속의 주인공을 타인으로 바꿔보곤 한

다. 떠오르는 대상은 그야말로 다양하다. 아는 사람, 모르는 사람, 좋은 사람, 싫은 사람, 언젠가 꼭 만나고 싶거나 사는 동안 절대 마주치기 싫은 인물에 대해서도 이런저런 상상을 해본다.

누군가를 글로 옮기는 행위는 그 사람의 그림자를 멋대로 만져보는 일 같다. 구겨보기도 하고, 접어보기도 하고, 다시 펴주기도 하고…. 약간 무례하고 종종 주제넘지만 바로 그 부분에 의미가 있달까. 아주 낯선 타인에 대해 쓰면서 결국 나의 어디쯤을 헤아리게 될 때면 너무나 멀어 보이던 우리들의 세계가 일정 부분 맞닿아있다는 것도 인정하게 된다. 어쨌든 어떤 이유로든, 그에 대해 쓸 생각이 들었다는 것 자체가 일종의 마주침이자 접촉 사고인 셈이다.

내가 아는 어느 작가님은 좋아하는 대상에 대해 쓸 때 무한한 힘과 사랑이 샘솟는다고 한다. 자신만 아는 상대방의 매력포인트, 은밀한 습관, 말투, 행동에 일일이 주석을 붙이는 활동이 매우 즐겁다는 것이다. 왜 사랑하는지를 분석하다 보면 사랑이 더욱 다채로워지고 커진다고.

무디고 단순한 나는 그런 시각이 부럽다. 나에게 사

랑은 층위나 면면이 없는 한 덩어리적 감각이다. 사랑하면 사랑하는 것이고 아니면 아닌 흑백의 영역…. 그래서 가끔은 어떤 사랑이 진짜 사랑인지 헷갈린다. 사랑할 이유가 넘쳐서 사랑하는 것이 진짜일까? 이유나 근거는 없어도 마음이 먼저 반응하는 것이 진짜일까? 궁금해지는 것이다.

그래서일까? 사랑하는 대상에 대해 쓰자면 열정도 금방 길을 잃어버린다. 콧바람에 훅 꺼지고 만 촛불처럼 시시한 글이 되고 만다.

반면 내가 진짜 강해지는 분야는 '싫음'이다. 정확히는 '싫은 사람'에 대해 쓰는 일…. 사랑에 대해서는 언제나 얼버무리는 나지만, 누군가 혹은 무언가가 왜 싫은지에 대해선 논문이라도 기쁘게 쓸 수 있다.

이때의 나는 너무 빠르고 정직해서 부도덕할 정도다. 이게 내가 글쓰기에서 겪는 가장 큰 어려움이기도 하다. 진실하게 쓰다 보면 너무나 불평불만이 많아지고, 까다로워지고, 괴팍해지는 것이다. 어떨 때는 쓰레기 같은 마음으로 쓰레기 같은 글이나 쓰고 있는 내 모습에 크게 위축되기도 한다. 글쓰기를 통해 어지러운 내면을 정돈하

글이
안 써지세요?
저도요

고 성숙한 사람이 되고자 하는데, 이런 식이라면 영원히 착한 사람 지망생에만 머무르다 늙어 죽을 것 같다.

그런데 요즘에는 생각이 달라졌다. 싫은 사람에 대해 쓰는 일에서 의외의 효용을 발견했기 때문이다. 그것은 '균열'이다. 나쁜 말일지언정 누군가에 대해 쓰고 또 쓰다 보면 어느 순간 미묘한 틈이 생겨난다. 이 사람은 왜 그런 말과 행동을 하는지, 어떤 경험과 욕망이 그를 그답게 만드는지 분석하다 보면 조금이라도 이해가 되는 순간이 오고 만다. 상대방에 대한 평가가 반전되는 것까진 아니지만, 그래도 예전만치 그를 싫어할 수는 없는 어떤 포인트에 도달하게 되는 것이다.

일단 그 포인트에 닿고 나면 이상한 일이 벌어진다. 싫은 마음은 사라지지 않아도 확실히 둥그러진다고나 할까. 날카롭게 벼려진 미움 너머로 새로운 풍경이 보이는 것 같기도 하다. 그것은 그 사람도 어쨌든 사람이라는 새삼스러운 깨달음이다. 사람이기에 일관적이지 않고, 사람이기에 입체적이고, 사람이기에 수많은 결점을 보유할 수밖에 없으리라….

더 당혹스러운 건, 그 사람에 대해 쓰면서 발견하게 되는 것이 결국 나 자신과도 무관하지 않다는 점이다. 누군가가 나를 참을 수 없이 자극한다면, 다른 사람들은 개의치 않는 어떤 점이 내게는 유독 거슬린다면, 그 혐오감의 끝을 잘 살펴볼 필요가 있다. 애써 외면하려는 나의 콤플렉스나 약점과 맞닿아 있는 경우가 종종 있기 때문이다. 싫은 사람을 향해 던진 화살이 결국 내 안의 어떤 지점을 찌를 때, 나는 글쓰기가 삶의 거울 역할을 한다는 것을 매섭게 깨닫곤 한다.

그래서 요즘 나는 타인에 대해 쓰는 일을 조금 다르게 바라본다. 그것은 누군가를 완벽하게 묘사하거나 재현하는 작업이 아니다. 오히려 그 사람이 내 삶에 남긴 자국을 더듬어보는 일에 가깝다. 좋은 감정이든 나쁜 감정이든 그 사람과의 접촉이 나를 어떻게 흔들어 놓았는지, 무엇을 느끼고 생각하게 만드는지 기록하는 것이다. 그러니 타인에 대한 글쓰기는 완전히 타인에 대한 기록일 수 없다. '나와 타인 사이'에 대한 글쓰기인 셈이다.

나의 백지 위에는 여전히 내가 미워하는 사람들의 이름이 자주 적힌다. 하지만 나의 옳음을 증명하거나 상대방의 악의를 심판하기 위한 내용은 아니다. 쓰다 보면 그들은 나를 괴롭히기 위해 존재하는 납작한 악당이 아니게 된다. 마침표를 찍을 때쯤 발견하게 되는 것은 보통 나와 그 사람이 공유하는 인간적인 결핍과 서툰 뒷모습이다. 도저히 포용할 수 없었던 누군가의 존재가 점점 가벼워지다 마침내 사라지는 순간이 좋다. 비난에서 탐구로, 증오에서 해방으로 나아가는 감각은 나를 인간적으로도 성숙시킨다. 나는 죽을 때까지 사랑보단 미움에 능숙하겠지만 이제는 그 사실이 창피하지만은 않다.

나는 컴퓨터 바탕화면을 거의 정리하지 않는 편이
다. 실은 파일 관리라는 개념이 없다. 그래서 '다운로
드', '내 문서', '휴지통', '사진첩' 폴더들이 죄다 비슷한 수
준으로 지저분하고 어수선하다. 이렇게 살면 심심할 때마
다 발굴놀이를 할 수 있다. 어딜 뒤져도 뜻 모를 캡쳐, 쓰
다 만 자투리 글, 이상한 낙서 같은 것들이 튀어나오기 때
문이다. 그런 것들은 대부분 소소한 웃음을 자아내지만,
가끔은 심각한 망신을 유발하기도 한다.

글이
안 써지세요?
저도요

얼마 전에는 어떤 남자를 두고 쓴 러브 다이어리 같은 걸 발견하고 경악을 금치 못했다. 심지어 분량도 꽤 되었다. 그와 처음 연락한 일, 그와 처음 만나서 논 일, 함께 밥을 먹고 술을 마신 일 같은 시시껄렁한 사건들이 경찰서 사건기록마냥 자세히 서술되어 있었다.

오탈자가 많고 낄낄거리기만 하는 걸 보니 내가 쓴 게 틀림없어 보였다. 하지만 믿을 수가 없었다. 지금은 홍길동이었는지 윤길동이었는지도 까마득한 사람을 이토록 순수하게 좋아했었다니…. 글 속의 나는 너무 들떠있어서 조금 모자라 보일 지경이었다. 종이에 쓴 글이었다면 박박 찢어버렸을 텐데 그럴 수 없음이 안타까웠다. 이 주접 농도 100%의 글을 나만 봐서 천만다행이라는 생각은 덤이었다.

러브 다이어리(유치하게도 이게 그 문서의 제목이다)는 날짜를 거듭할수록 묘하게 성의가 없어지다가, 후반부엔 길동 씨의 도덕성이나 코 먹는 습관이나 말투 같은 걸 트집 잡는 내용으로 완전히 끝을 맺었다. '이해가 안 된다'라는 표현이 처음으로 등장한 후 고작 5일 만의 파국이었다.

하도 오래되어 자잘한 에피소드들은 희미했지만, 그 글을 작성하던 당시의 내 모습은 조금씩 기억나기 시작했다. 나는 곧 아련해졌다. 그래, 나에게도 저런 때가 있었지…. 비록 지금은 이성애는커녕 인류애조차 메말라버렸지만, 어쨌든 내게도 좋은 시절이 있었다.

가장 인상적인 건 그 글을 작성하던 당시의 속도였다. 원고를 쓸 땐 하염없이 세월아 네월아 하는 나지만, 러브 다이어리를 쓸 땐 그렇지 않았던 것이다. 2~3주도 못 가 쫑나버린 인연에 그토록 많은 분량의 글이 남은 건, 내가 그 글들을 그야말로 일필휘지로 써 내려갔기 때문이었다.

심지어 당시엔 약간 뿌듯했던 것도 같다. 아름다운 글이라 생각했고… 내가 실제로 느끼는 감정보단 절제되어 있다고까지 생각했다. 몇 년 후의 내가 다시 읽고 양손으로 입을 틀어막게 될 줄은 정말이지 몰랐던 것이다.

나는 잠시 갈등하다가 러브 다이어리 파일을 완전히 삭제해버렸다. 아무리 생각해도 이것은 추억이라기보단 치부였다. 악마 해커가 나타나 '러브 다이어리.docx'와 주민등록등본 중 무엇을 유출하겠느냐 묻는다면 차라리 후자가 낫겠다 싶을 정도였다. 그래도 그 앙큼한 글이 영 쓸

글이
안 써지세요?
저도요

모없었던 것은 아니었다. 나도 앞으로는 되도록 좋아하는 것들에 대한 글을 써보자는 생각이 들어서였다.

길동 씨는 날아갔고, 우리의 썸도 진작에 끝이 났지만, 히죽대며 그에 대해 적어 내려가던 내 모습은 조금 그리웠다. 키보드 위에서 열 손가락이 전부 바쁘던 그 감각도 다시 느껴보고 싶었다. 실제로 난 언젠가부터 죽상을 한 채 감옥에 갇힌 사람처럼 슬픈 마음으로 글을 쓰고 있었다. '쓰고 싶다'라는 생각보단 '마감을 또 어기면 사회적 죽음이다'라는 두려움이 앞서기 때문이었다.

문득 몇 년 전 좌우명으로 지정해놓았던 구절이 떠올랐다. "知之者不如好之者, 好之者不如樂之者(지지자불여호지자 호지자불여락지자)." '아는 사람은 좋아하는 사람만 못하고, 좋아하는 사람은 즐기는 사람만 못하다'라는 뜻이다. 이 말을 처음 접했을 때는 그저 공부나 일에 대한 태도를 말하는 줄 알았다. 그런데 다시 보니 이건 글쓰기에도 똑같이 적용되는 격언이었다.

지금 당장 스스로에게 '그래서 넌 뭘 좋아하고, 무엇을 즐기니?'하고 물어보았는데, 대답이 너무 궁하다는 사실이 새삼 슬프다. 내가 뭘 싫어하는지는 100가지도 넘게 말할 수 있는데 좋아하는 것들은 영 떠오르지 않는다. 내 일부터는 사는 게 바쁘고 이 세상이 각박하더란 핑계를 잠시 접어두고, 좋아할 만한 것들을 잔뜩 찾아봐야겠다.

집에서 가장 가까운 도서관은 차로 10분, 도보로 30분 거리에 있다. 면허도 차도 없고 지독하게 게으르기까지 한 내게는 꽤나 큰 각오를 하고 나서야 하는 거리이다. 그래도 요즘은 시간이 날 때마다 틈틈이 도서관에 다니고 있다. 책이 너무 좋고 책을 사랑하기 때문이라면 거짓말이고… 실은 멘털 관리와 작업에 도움이 되기 때문이다.

도서관에 있으나 집에 있으나 한 글자도 안 쓰는 날

이 태반이지만, 그래도 책 가까운 곳에 있으면 묘한 동기 부여가 된다. 도서관 특유의 차분한 분위기는 물론이고 (나는 꿈속에서조차 항시 들떠있는 타입으로, 언제든 차분함 충전이 필요하다), 서고 사이를 오가는 사람들의 골똘한 표정에서도 어떠한 에너지를 받는다. 인터넷에는 요즘 누가 책을 읽느냐며 호통치는 이들이 많은데, 도서관에서는 정반대의 광경이 목격된다. 인기도서는 몇 주를 기다려야 빌릴 수 있다는 사실에서 느껴지는 안정감도 있다. 독서 인구야 어쩔 수 없이 계속 줄어들겠지만 그래도 사라지지는 않으리란 확신이 든달까.

요즘 내가 도서관에서 골몰하는 활동은 '첫 문장 수집 노트' 채우기이다. 좀처럼 책을 끝까지 읽지 못하는 나를 위해 채택한 독서법이다. 애초에 첫 문장만을 발췌하는 것이니 완독해야 한다는 부담도 없고, 애써 고른 책이 재미없을까 봐 걱정하지 않아도 되어서 좋다. 어차피 긴 시간 집중할 수 없다면? '차라리 완전 짧게 치고 빠져보자!'라는 생각을 한 것이다.

처음으로 '첫 문장 수집 노트'라는 걸 써보자고 결심

한 날, 집 여기저기를 둘러본 후 나는 조금 놀랐다. 원대한 결심을 실행하기 위한 도구들이 제대로 갖춰져 있지 않아서였다. 창고방에는 수많은 물건이 쌓여 있었지만, 의외로 적당한 새 노트나 필기감이 좋은 펜 같은 게 없었다. 생각해보니 손으로 글씨를 써본 게 언젠지도 까마득했다. 요즘 들어 직접 글자를 적어본 기억이라곤 쿠팡 택배 비닐에 매직으로 '반품'을 휘갈긴 일뿐이었다. 언젠가부터 간단한 메모조차 스마트폰이나 키보드를 통하니 그럴 만도 했다.

소녀 시절엔 별일 없이도 팬시점에 들러 예쁜 노트와 일제 필기구를 수집하던 나였는데…. 언제 이렇게까지 디지털화된 건지 모르겠다는 생각이 들었다. 좀 뜬금없게도 갑자기 울적해지면서, 디지털이란 게 마치 오염처럼 느껴졌다. 나는 그 길로 뛰쳐나가 캠퍼스 노트 한 권과 필기구들을 사왔다. 시험 삼아 손글씨 몇 자를 써보기도 했는데, 괴발개발인 것은 물론 평소 쓰지 않던 근육에 통증이 올 정도로 생경했다.

첫 문장을 수집하는 방법은 간단했다. 제목이나 저

자명, 혹은 표지 디자인이 마음에 드는 책들을 고른 뒤 노트에 그 책의 첫 문장을 적으면 된다. 때로는 그 문장을 읽는 순간 느꼈던 기분이나 스쳐 가는 감상을 짧게 덧붙이기도 했다.

첫 문장은 생각보다 힘이 셌다. 그것 조금 읽는다고 도움이나 될까 싶었지만, 첫 문장이 작품 전체의 분위기나 톤을 꿰뚫는 경우도 많기 때문이었다. 어찌 보면 당연한 일이었다. 나도 그렇고 주변 작가들의 이야기를 들어 봐도 그렇고…. 첫 문장을 아무렇게나 쓴다는 사람은 거의 보질 못했다. 따지자면 첫 문장은 작품의 눈썹 같은 것이었다. 눈썹을 잘 못 그리는 사람은 있어도 눈썹을 망치고 시작하는 사람은 없는 법이다.

신기한 건 같은 서가를 돌아다녀도 매번 다른 책이 눈에 띈다는 점이었다. 이건 내가 책 고르기를 일종의 놀이처럼 하기 때문이다. 어떤 날은 표지가 노란색인 책만 고르고, 또 다른 날은 제목이 10글자 이상인 책만 골라보는 식이었다. 이런 기준은 기분에 따라, 날씨에 따라, 시간에 따라 얼마든지 달라질 수 있다는 점이 재미있었다. 파란 책, 비싼 책, 얇은 책, 재미없어 보이는 책처럼 인터넷 검색으론 한 분류로 묶기 힘든 책들을 주로 찾아다니곤 했다.

나는 개인적으로 표지를 배반하는 책들을 좋아했다. 한없이 밝아 보였는데 막상 우울하다든지, 반대로 울적해 보였는데 유쾌한 분위기로 시작한다든지 하는 책들이 매력적이었다. 간혹 흡입력 있는 책들을 만나면 앉은 자리에서 읽기도 했다. 그런 식의 우연한 만남이 고르고 골라 집은 책보다 나을 때면 기쁨이 두 배였다.

처음에는 각 책의 첫 문장만을 기계적으로 옮겨 적었지만, 점차 문단 단위로 필사 범위가 확대되었다. 문장만 모아놓는 것도 괜찮긴 한데 막상 나중에 노트를 쭉 읽어볼 때면 의밋값이 너무 단절되는 느낌이 들어서였다. 시간과 품은 더 들어도 한 문단을 통째로 발췌하는 게 여러모로 유용했다.

이렇게 모은 글들은 심심할 때 훌륭한 지적 요깃거리가 되었다. 동시에 나는 내 인생의 최대 숙제인 '스마트폰 밀어내기'를 조금씩 수행해내고 있었다. 왼손으로 책장을 잡고 오른손으로는 글씨를 쓰다 보니 자연히 폰을 쥘 손이 없어졌다.

나는 다시 한 번 깨달았다. 역시 정신력보단 물리적 단절이 훨씬 효과적이라는 걸…. '폰을 만지면 안 돼'라는 생각만으론 아무것도 고쳐지지 않지만 폰을 쓸 수 없게 만들어버리면 말 그대로 쓸 수 없어지는 것이다.

가끔은 남들의 첫 문단을 옮겨 적으며 뒤에 이어질 이야기를 상상해보기도 했다. 다행인지 아닌 건지 내 예상은 대부분 빗나갔다. 내 생각엔 A가 B를 때리는 내용이 이어질 것 같았는데 실제론 포옹해버린다거나 하는 식이었다. 그래도 가끔은 원작보다 내 식대로의 전개가 맘에 들 때도 있었다. 그럴 때면 나는 악당처럼 웃었다. 언젠가는 내가 직접 이런 뉘앙스의 이야기를 써볼 수 있지 않을까 싶어서였다.

첫 문장이나 첫 문단을 많이 수집하더라도 그걸 내가 훔쳐 쓸 수는 없기에 글쓰기는 여전히 고된 일이다. 자꾸 보다 보면 쉬워질 것 같았는데 그런 효과는 없었다. 아직도 첫 문장을 쓰는 일은 너무 두렵고 어렵다. 그래도 예전만큼 까마득하게 막막하지는 않다. 도서관에서 만난 그

수많은 작가들이 모두 이 벽을 넘었다는 걸 되새기면서, 글이 안 써지는 밤마다 나도 용기를 내본다.

2026년이면 나는 35살이 된다. 만 나이로 하면 33살까지 깎을 수 있지만, 굳이 그러지 않기로 한다. 한 살 더 먹는 시즌마다 앓는 소리가 나는 대한민국 풍조를 무시하려 애쓰면서도, 내심 신경이 쓰이는 건 어쩔 수 없다.

서른다섯은 내가 가져본 나이 중 가장 애매한 것 같다. 중년에게 까불면 어린 게 버릇 없다는 꾸중을 들을 테지만, 10대나 20대 앞에서 나대면 늙은이가 뭐 잘못 먹었냐는 수군거림을 피할 수 없을 것이다. 30대의 딱 중간.

글이
안 써지세요?
저도요

가까스로 어린 것 같기도 하고, 농담으로도 어리다곤 말할 수 없는 것 같기도 하고. 새치가 마구 늘거나 덜 먹어도 군살이 붙을 때면, 이미 노화의 초입을 지나도 한참이나 지나온 듯한 기분이 들 때도 있다.

그럼에도 난 떨떠름한 마음 한편으로 나이 듦을 반긴다. 몸의 처짐과 늙음보다는 정신적 성숙도에 집중하려 애쓰고 있다. 내가 지금 어른스럽냐고 묻는다면 절대 그렇지는 않지만, 적어도 20대의 나보다는 훨씬 나아졌다.

근거가 뭐냐고 물으신다면, 인간관계에서의 갈등이 현저히 감소했다는 점을 들고 싶다. 특히 2025년은 누구와도 크게 다투지 않고 보낸 기념비적인 한 해였다. 위기의 순간이야 있었지만 글쓰기의 힘으로 이겨낼 수 있었다. (그런 걸 글이라고 부를 수 있는지는 모르겠지만.) 어쨌든 내가 쓴 방법은 첫 번째 '메시지 쓰기', 두 번째는 '그것을 수신자에게 전달하지 않기'였다.

뜬금없이 내게 이 비법을 사사해준 스승님(?)은 강남 모 병원의 젊은 직원이었다. 항상 커다란 카운터 정중앙에 앉아 계시던 그분은 첫인상부터 강렬했다. 맡은 바임무가 환자의 기분을 잡치는 것인가 의문이 들 정도로 불친절했기 때문이다. 어찌나 싸가지가 없는지, 내가 혹시 나도 모르는 새 뭘 잘못했나 곱씹어보게 될 정도였다. 그래도 그러려니 했으나, 세 번째 방문에선 나도 마침내 뚜껑이 열리고 말았다. 나는 갈 때마다 친절하고 공손하려 애썼는데, 상대는 날 깔보다 못해 멸시하는 태도였기 때문이다.

씩씩대며 집에 가는 길, 잊어버리려 해도 자꾸 부아가 치밀어 병원 이름을 검색해봤다. 리뷰 창을 보니 나보다 먼저 봉변을 당한 자들의 아우성이 한창이었다. 혹시 원장님 친척이냐느니, 얻다 대고 반말을 하냐느니 하는 소리까지 나오는 걸로 보아 나만 차별받은 건 아닌 듯했다. (하지만 모두에게 불친절하다면 더 문제인 것 같기도 했다.) 어쨌든 나도 컴플레인을 걸고자 이런저런 말들을 적기 시작했다.

'제가 님께 무슨 죄를 지었나요?! 일하기 싫은 건 알겠는데 환자에게 화풀이하지 맙시다!!'

이건 너무 감정적인 것 같고….

'0월 0일 00시에 방문했는데요. 의사 선생님은 정

말 친절하세요. 그런데 접수대 가운데 자리 계신 분은 갈 때마다 화나 있고 질문에 대답도 안 해주고 어쩌고저쩌고…'

이건 또 지나치게 구구절절한가 싶어 줄여보았다.

'환자와 소통할 때 사무적인 정도만 되어도 좋겠습니다. 감정노동 수준의 친절을 바라는 게 아닙니다.'

그런데 멘트를 가다듬고 있자니 더 열이 받기 시작했다. 바빠 죽겠는데 이딴 게 뭐라고 신경 써서 붙들고 있는지 회의감도 들었다. 한편으로는 이상할 정도로 구체적인 장면이 상상되기도 했다. 내가 남긴 리뷰 때문에 그 직원이 크게 혼나거나 인사상 불이익을 당하는 모습이었다. 여태까지도 지적 많이 당했을 텐데 이번에야말로 잘리는 거 아냐?

솔직히 처음엔 그러든가 말든가 싶었고, 차라리 그러면 속이 시원할 것도 같았다. 하지만 결과적으론 찝찝함이 이겼다. 내가 착하다거나 우유부단해서가 아니었다. 그보다는 일시적으로 폭발한 감정을 굳이 타인의 삶에 투척하기 싫다는 마음이었다. 나는 여전히 화가 났지만 이런 일은 사실 하루만 지나도 잊힐 해프닝이기에, 원인제

공자와는 너무 깊은 연결점을 만들고 싶지 않았다.

　그래서 내가 선택한 방법은 메모장이었다. 빈 창을 불러와 가감 없이 지금 생각하는 바를 쏟아냈다. 수신인이 없기에 자유롭게 쓸 수 있는 천박한 말들이 금세 화면을 가득 채웠다. 놀라운 건 그것만으로도 어느 정도 분노가 해소된다는 것이었다. 이건 내가 소싯적에 어디서 주워들은 분노 해방 요령이었다. 책에서 읽은 건지, 누가 말해준 건지는 기억나지 않지만, 사람의 감정은 일단 외부를 향해 발화되는 즉시 어느 정도 휘발된다는 원리였다.

　실제로 난 이 방법을 통해 크고 작은 싸움을 수십 번 예방했다. 당장 상대방에게 내가 아는 제일 나쁜 말들을 퍼부어주고 싶을 때, 종이나 메모장 앱을 한 번 거치는 식이었다.

　처음엔 그저 감정을 삭이기 위한 임시방편이었다. 하지만 반복하다 보니 예상치 못한 부수효과가 생겼다. 내가 갈겨쓴 문장들을 다시 읽어보면, 거기엔 두 가지 버전의 내가 공존하고 있었다. 하나는 순간의 격분에 휩싸인 나였고, 또 하나는 한 발짝 떨어져 냉정하게 관찰하는 나였다.

'이 새끼가 진짜'로 시작하는 문장 옆에는 '근데 뭔가 힘든 일이 있었나?'라는 문장이 나란히 적혀 있곤 했다. '콱 패버릴 거'라고 써놓고는 이어서 '근데 이거 내일이면 잊을 것 같기도 함'이라고 덧붙이기도 했다. 그렇게 쓰고 나면 내 분노가 얼마나 정당한지, 혹은 얼마나 과장된 것인지가 드러났다.

며칠 뒤 같은 메모를 다시 열어보면 내가 왜 그렇게까지 화났는지 이해되지 않을 때가 많았다. '이게 뭐라고 이렇게까지 열받았지?' 싶은 순간들. 그럴 때면 보내지 않은 편지가 나를 한 번 구해줬다는 생각이 들었다. 만약 그때 정말로 병원에 리뷰를 남겼다면, 혹은 친구들에게 격한 메시지를 보냈다면, 나는 지금쯤 후회하고 있었을 것이다.

물론 모든 분노를 삭여야 한다는 건 아니다. 때로는 정면으로 부딪쳐야 할 때가 있고, 관계를 아예 정리해야 할 순간도 있다. 하지만 성급한 편인 내게는 늘 잠깐의 유예기간이 필요했다. 혼자 고요히 폭발하는 동안 내 감정이 진짜인지, 아니면 그저 피곤함이나 배고픔 같은 변수 때문인지 가늠해볼 수 있었다.

이 방법을 쓰면서 나는 서서히 변해갔다. 예전의 나는 불편함을 잘 참지 못하는 성격이었다. 옳고 그름의 사안이 아니라 가치 충돌의 문제인 경우에도 꽤나 불같이 반응했다. 하지만 이제는 감정과 행동 사이에 메모장이라는 완충지대가 생겼다. 화가 나는 건 어쩔 수 없지만, 그 화를 어떻게 처리할지는 선택할 수 있다는 걸 깨달았다.

나는 그 후로도 몇 번 더 그 병원을 방문했다. (어쩔 수가 없었다.) 직원은 여전히 싹퉁바가지였지만 이상하게도 예전만큼 화가 나진 않았다. '너 이 자식, 오늘도 메모장에서 아주 혼내주겠다' 같은 다짐으로 대강 넘길 수 있었다.

서른다섯에야 겨우 얻은 것들은 이런 사소한 변화였다. 상상하던 것처럼 거창한 깨달음이나 극적인 성장은 없었다. 그저 조금 더 무던해진 것, 조금 더 불특정다수와의 거리를 조절할 줄 알게 된 것, 그리고 무엇보다 내 감정이 절대 진실이 아닐 수도 있다는 걸 인정하게 된 것이었다. 1년 동안 누구와도 크게 다투지 않았다는 건, 내가

글이
안 써지세요?
저도요

싸움을 피한 게 아니라 싸울 필요가 없는 순간들을 구분할 줄 알게 됐다는 뜻인지도 모른다. 그리고 그건 분명 스물다섯의 내가 할 수 없었던 일이다.

서른다섯. 여전히 애매한 나이지만, 이제는 그 애매함 속에서 균형 잡는 법을 조금은 배운 것 같다. 메모장속 보내지 않은 편지들이 쌓여가는 만큼, 나는 조금씩 어른이 되어가고 있는 걸까?

3.

쓰다가

쓴 맛을
느낄 때

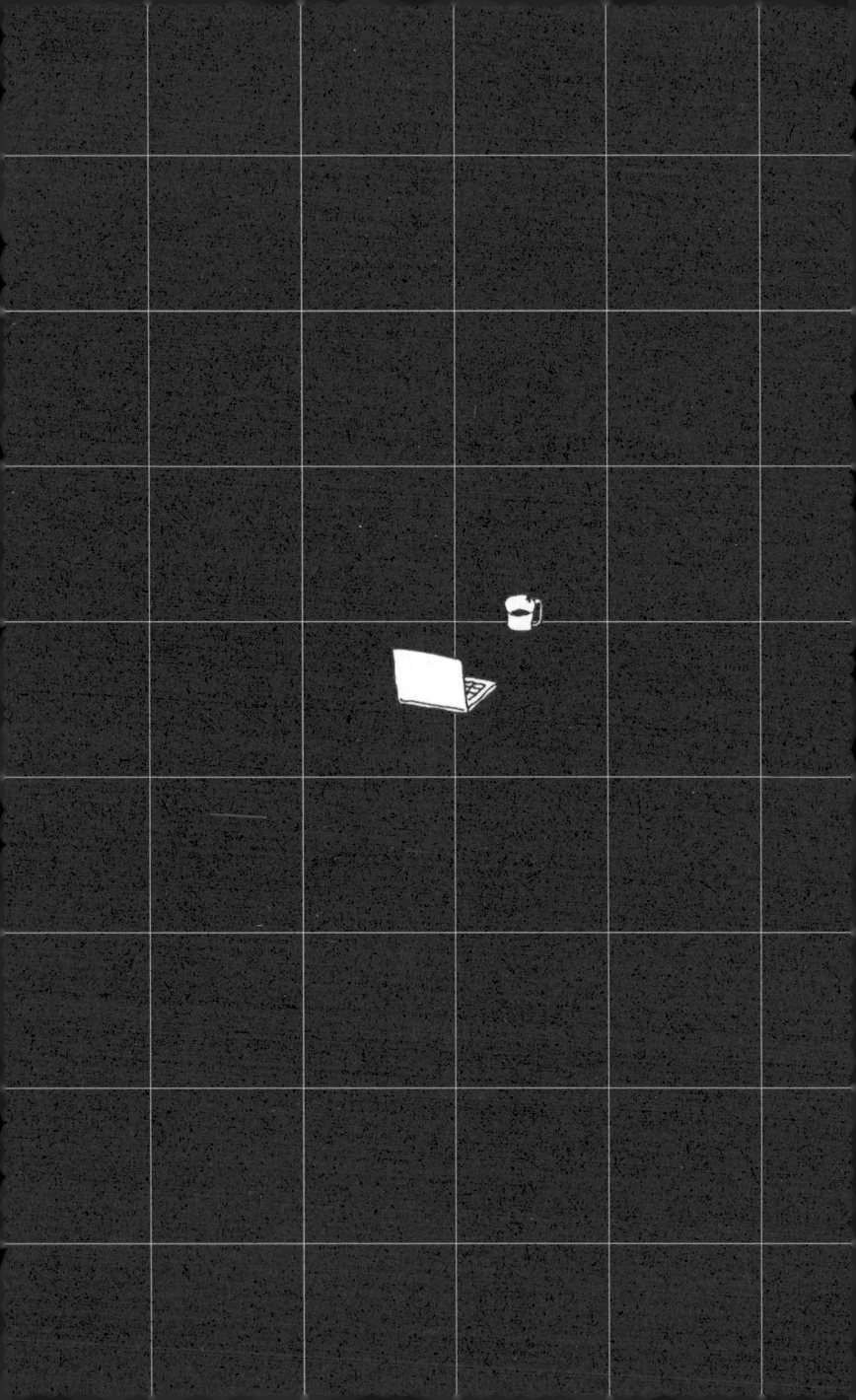

우리는 저마다의 마음속에 필사 노트 한 권을 가지고 살아간다. 다른 작품에서 읽었던 좋은 구절이 특별한 감상과 함께 기록되는 공간이다. 그 노트에 적히는 건 한 줄의 시구일 수도 있고. 긴장감이 몰아치는 문단의 향연일 수도 있다. 때론 나도 모르게 밤을 새워 읽게 될 만큼 압도적인 서사 자체이기도 하다. 내가 열렬히 탐닉하는 글들은 자연스럽게 '나도 저렇게 쓰고 싶다'는 동경과 바람으로 이어진다.

그러나 막상 글을 써보면 내가 좋아하는 분위기를 내 글에 심는 것이 쉽지 않다는 걸 알게 된다. 머릿속에 떠다니는 어떤 '이미지', '느낌적인 느낌', '결정적인 장면' 같은 건 좀처럼 구체화되지 못하고 손끝을 맴돌 뿐이다. 가까스로 몇 자 적는 데 성공해도 결과물은 어쩐지 맘에 차지 않는다. 다채로움을 추구할수록 평이해지고, 웅장함을 표방할수록 초라해지니 나중에는 글쓰기란 결국 재능의 영역이구나 싶어 허탈해질 뿐이다. 요즘 말로 하자면 '추구미'와 '도달가능미' 사이의 드높은 낙차를 확인하게 되는 것이다.

하지만 너무 좌절할 필요는 없다. 이러한 괴리감은 누구나 느끼는 것으로, 사실 아주 당연하다. 우선 다른 이의 작품과 내 글을 비교하기 전에 명심해야 할 사안이 있다. 내가 책으로 접하는 타인의 글들은 이미 그 자체로 완성본이라는 것이다. 수많은 사람과의 협업으로 수정과 탈고를 마치고 세상에 나온 글들이 내 컴퓨터 속 날것의 문장들과 비슷한 퀄리티일 수는 없다. 레스토랑 음식에서 맛본 풍미를 집에서 그대로 재현하기 힘든 것과 마찬가지다. 감동하는 건 빠르고 수동적인 행위이지만, 감동을 만들어내는 건 숙련이 필요한 능동적인 행위라는 걸 이해해야 한다. 그러니 전문가의 최종 결과물을 나의 시작점과 비교하는 건 스스로에게 너무 가혹한 잣대다.

게다가 괴리감에는 양면성이 있다. 이상과 현실의 차이는 그걸 감각하는 것만으로 고통이 되지만, 포기하지 않고 나아간다면 창작의 동력이 되기 때문이다. 선명한 괴리감이란 선명한 지향점의 다른 말이기도 하다. 이 점을 확실히 인지하면 헤매는 과정에서도 시행착오와 실망이 덜하다. 낙담할 에너지를 아껴 다시 정진하는 것만으로도 글쓰기는 많이 발전한다. 중요한 건 괴리감을 인식하되 그것에 잡아먹히지 않는 마음가짐이다.

좋아하는 작가처럼 되기 위해 그의 작품을 모사하고 모방해볼 수도 있다. 실제로 필사는 글쓰기 실력을 단숨에 고취시키는 가장 좋은 방법으로 꼽힌다. 그러나 아무리 많은 글을 따라 써도, 결국에는 자신만의 새로운 언어가 필요해지는 순간이 온다. '내가 좋아하는 글'을 쓰고자 하는 마음이 '나만이 쓸 수 있는 글'을 쓰고자 하는 욕구로 전환되는 시점이 도래하는 것이다. 그때가 오면 새

3.
쓰다가
쓴맛을 느낄 때

로운 고민에 휩싸이게 되는데, "내 글은 왜 이리 재미없을까?" 하는 의문이다.

실제로 글쓰기 관련 강연을 할 때면 비슷한 질문을 많이 받는다. 처음 글쓰기를 시작하는 대부분의 사람들이 자기 글은 재미가 너무 없다고 생각한다. 문제는 이유를 물어봤을 때 본인마저 우물쭈물한다는 것이다. 내가 제일 많이 들어본 대답은 "그냥"이었다. "그냥… 재미가 없어요…." 하지만 내게 그 말은 '너무 나다워서'라는 뜻으로 들리기도 한다. 나는 평생 나였기 때문에, 질리도록 함께한 내가 그대로 투영되는 글이 재미없게 느껴지는 것은 어쩌면 당연하다. 매일 보는 거울 속 얼굴에 별 감흥이 없는 것과 마찬가지다. 이때 해결 방법은 의외로 간단한데, 내가 아닌 사람들에게 글을 계속 공개하는 것이다. 재미없다고 느껴지는 글이나마 멈추지 않고 계속 쓰는 것이기도 하다.

자기 자신은 언제나 자기 글의 첫 독자라고 하지만, 그러한 특이점에서 오는 감상의 한계는 분명하다. 쓰는 과정에서 이미 질리도록 읽었기 때문에 완성본을 볼 때면 더 시시하게 느껴지기도 한다. 그래서 더더욱 타인의 시

글이
안 써지세요?
저도요

선으로 내 글을 읽는 과정이 중요해진다.

물론 처음에는 너무나 부끄러운 나머지 수치스럽다는 생각까지 들 수 있다. 글을 인터넷에 공개하는 경우엔 더더욱 얼굴도 모르는 사람들이 나의 내밀한 생각을 속속들이 훑는 듯한 불편함이 느껴질 것이다.

그러나 글쓰기는 결국 발산과 소통의 행위다. 아무리 훌륭한 글이라도 읽히지 못한다면 그 가치를 판가름할 도리가 없다. 비록 서툴고 부족하더라도, 나 스스로 그렇게 생각하고 마는 것과 누군가의 피드백을 듣는 것은 전혀 다르다. 칭찬의 경우도 마찬가지다. 나 혼자 내심 잘 썼다고 여기는 것과 다른 사람에게서 긍정적인 감상을 듣는 일은 천지 차이다.

모든 작가가 누군가의 사소한 한마디에서 영감과 힘을 얻어 다음 작품, 다다음 작품으로 나아간 경험을 갖고 있다. 독자들이 어느 정도 나와 같은지, 얼마만큼 나와 다른지 직접 부딪쳐 확인하는 과정이야말로 글쓰기의 재미를 결정짓는 요인일지도 모른다.

그러니 독백 같은 글쓰기를 하고 있다면 용기를 내보자. 이번 글이 아니라면 다음 글로, 다음 글도 아니라면 그다음 글로라도 세상에 말을 걸어보자. 그러다 보면 언젠가는 대답하는 사람이 생길 것이고, 일단 대화가 시작되면 멈추지 않을 것이다.

글이
안 써지세요?
저도요

《젊은 ADHD의 슬픔》을 출간하고 나서 "치부에 대해 솔직하게 쓸 수 있는 용기가 어디서 나오느냐"라는 질문을 많이 받았다. 솔직히 말하자면 그 글들은 용기에서 시작된 것이 아니었다. 초고를 쓸 때 오히려 나의 용기는 바닥을 치는 상태였다. 다만 나는 나를 괴롭히는 ADHD라는 결함에 너무 지쳐 있었다. 누군가는 그까짓 거 병도 아니라는데, 생사를 쥐락펴락하는 진짜 불치병에 비하면 감사해야 할 지경이라던데, 사는 내내 ADHD에 치이고 있던 나로서는 와닿지 않는 위로였다.

나중에는 굳이 굳이 고통에 순위를 매기려는 말들에 분한 마음이 들었다. 모두 각자 힘들겠지만, 나의 힘듦도 진짜였다. 내가 제일 힘들다는 게 아니라 '나도' 힘들다는 얘길 하는 것이었다. 그런데 내 고통은 왜 이렇게 쉽게 후순위로 밀리고, 참을 만한 것으로 취급받고, 한낱 징징거림이 되는 것인가? 그런 반발심이 들었다. 그때 난 바깥사람들의 편견을 바꿀 길 없어서 자꾸만 내 안의 ADHD에 윽박질렀다.

"이젠 너도 가만있으면 안 돼…. 입이 있고 양심이 있으면 우릴 위해 말을 해야 돼."

물론 ADHD에겐 입이 없었고, 따라서 모든 말은 나를 통해 글로 쓰일 수밖에 없었다. 그래서 탄생하게 된 것이 첫 책 《젊은 ADHD의 슬픔》이었다.

감당할 수 없는 고통이나 슬픔이 있을 때 그것을 의인화하여 대화를 시도하는 것이 나의 오랜 습관이었다. 고통이 그저 내 삶에 스며든 징그러운 얼룩이라고 생각하면 대화는 성립하지 못했다. 나는 그저 적성에 안 맞는 직업을 고른 청소부마냥 하루 종일 그 얼룩에 눈물세제를 문대며 살아가게 될 뿐이었다. 하지만 고통에도 인격이 있고, 그러니까 내 의지에 반하여 독자적으로 생동하는 것이고, 그리하여 고통과의 협상 또한 가능하리라 믿으면 조금씩 숨통이 트이곤 했다. 괴로움에 압도되는 대신 먼저 말을 걸어볼 수 있었고, 운이 좋으면 친해질 수도 있었으며, "내 마음속에서 언제 사라질 거야?" 하고 눈치를 줄 수도 있었다.

물론 고통의 이름과 성격은 날마다 달라졌다. 주로 ADHD였지만 그와 상관없는 열등감, 무능감, 수치심, 분노, 무기력일 때도 있었다. 중요한 건 그게 무엇이든 얼마나 지독하든 간에 고통을 항상 외부인으로 설정하는 것이었다. 그것이 내 안에서 태어났더라도 언젠가 떠나는 게 당연한 존재로 상정하면, 고통의 속성은 통증이 아니라 기다림이 되었다. 도저히 견딜 수 없다는 심정에 다다를 때도 언젠가 끝나리라는 희망 하나로 가느다랗게 버틸 수 있었다.

나는 때로 나의 변호사처럼 고통에 대응하기도 했다. 남에게 상해를 입으면 진심 어린 사과와 함께 배상을

받아내야 하는 것처럼, 내가 나에게 입힌 손해도 그렇게 보전되어야 한다고 생각했다. 이 경우 배상의 주체도 객체도 나이기에 금전적인 건 큰 의미가 없었다. (애초에 자기가 자기에게 온전히 베풀 수 있는 게 생각보다 많지 않기도 했다.)

나는 고민 끝에 '쓸 자격'에 대한 걸 떠올렸다. 내가 어떤 고통의 한 챕터를 끝마칠 때마다 그것에 대해 '쓸 수 있는 자격'을 당당하게 부여하면 어떨까 하는 아이디어였다. 풀어 말하자면 고통을 소화시키는 과정에서 파생된 모든 에피소드와 장면들, 그에 따르는 온갖 추한 감정들, 아직 정제되지 못한 생각과 느낌 등에 대한 판권을 나 자신에게 무상양도하자는 것이었다.

이 방법은 고통의 용도 변경이란 방면에서 효과적이었다. 부지불식간에 벌어져 내 삶을 할퀴고 간 비참한 사건들에 미래지향적인 쓸모가 생기는 거였다. 원래라면 고통의 목적은 최대한 빠른 폐기일 수밖에 없었다. 그러나 눈물방울과 땀방울 하나하나가 총알이 되어 창작이라는 총에 장전된다고 생각하면, 당장은 아니더라도 언젠가 멋

글이
안 써지세요?
저도요

진 이야기로 발사할 수 있으리라는 셈 때문에라도 그것을 소중히 간직하게 되었다.

혹자는 "그러니까 결국 네 얘기 네가 쓰겠다는 거 아냐? 거기에 굳이 이런저런 과정이 필요해?"라고 묻기도 했다. 하지만 자신의 치부일지언정 막 갖다 쓰는 것과 나름의 형식을 갖춰 허락을 구하는 건 엄연히 달랐다. 결과적으로 다른 건 자기 기분뿐이더라도 그건 중요한 요소였다. 자기 얘길 쓰고자 하는 사람에게 자기 기분이란 동기이자 동력이고, 결국 목적이기도 하기 때문이다.

모두가 독자를 위해 쓴다고 말하지만, 아무리 그래도 제0의 독자는 결국 자기 자신이었다. 불편한 얘길 다루고자 한다면 더더욱 집필과정에서 자신의 심상 변화를 잘 살피면서 다독여야 했다. 그래야 글이 공개된 후 파장이 일더라도 감당할 용기를 낼 수 있고, 읽는 이들과의 입장차이가 있어도 스스로를 방어할 수 있었다.

고통은 언제까지나 피하고 싶은 대상이지만, 나는 그것을 통해 비로소 나 자신을 깊이 이해하게 되었다. ADHD라는 거대한 덩어리 속에서 헤매면서도 그 안에서 내가 얼마나 섬세하고 복잡한 감정을 가진 존재인지 알 수 있었다. 고통을 의인화하여 대화하고 그것에게 '쓸 자격'을 부여하는 행위는, 단순히 글쓰기 기술이 아니라 내면의 상처를 들여다보고 보듬는 과정이었다.

누군가에게는 한낱 '징징거림'으로 치부될 수 있는 나의 고통이 글이라는 수단을 통해 하나의 온전한 '이야기'가 될 수 있다는 사실이 나에게 큰 위안을 주기도 했다. 내 경험이 다른 누군가에게 작은 공감이나 위로가 될 수 있다면 그것만으로도 충분한 가치가 있었다. 실제로 《젊은 ADHD의 슬픔》이 예상치 못한 반응을 얻었을 때 나는 비로소 내 고통이 나만의 것이 아님을 알게 되었고, 솔직함이 가진 힘 또한 깨달았다.

그럼에도 불구하고 여전히 고통은 내 삶의 일부로 존재한다. 어떤 것들은 죽을 때까지 공개하고 싶지 않기도 하다. 하지만 이제는 그것이 마냥 두렵거나 피하고 싶은 존재만은 아니다. 글쓰기라는 나만의 방식을 통해 고통을 다루고, 그것을 삶의 자양분으로 삼는 법을 배웠기 때문이다.

앞으로도 나는 내 안의 다양한 감정들과 솔직하게 대면하고, 그것을 글로 풀어내는 작업을 멈추지 않으려고

글이
안 써지세요?
저도요

한다. 고통이 고통에서 멈추는 게 아니라 인간이라면 누구나 겪는 삶의 고뇌와 성장에 대한 이야기가 될 수 있도록 말이다.

고등학교 땐 주변에 글을 쓰고자 하는 사람이 한 명도 없었다. 만화를 그리겠다는 친구, 영화를 찍겠다는 친구, NASA에 가겠다는 친구까지 있었지만 왜인지 글을 쓰겠다는 아이는 나 하나뿐이었다. 그래서 문예창작과 진학이 결정되었을 땐 모종의 설렘까지 피어올랐다. 모여서 글을 쓰는 곳이라니, 대체 어떨까 싶었던 것이다.

하지만 나는 1학년 1학기 개강 첫날부터 과에 적응을 잘 못했다. 내가 보기엔 동기들이 어떤 식으로든 좀 과해보여서였다. 잘은 모르겠지만… 오해라면 좋겠지만…
다들 어딘가 평범하지 않아 보였다. 나중에 듣기론 동기
들도 내가 비호감이었다고 한다. '죽어도 쟤랑은 못 친해
지겠다' 싶었다고. 하지만 편협했던 나는 나 또한 이상해
보이리란 생각은 하지 못했다. 내가 보기에 애들이 이상
한 것, 그 사실에만 심각했다.

초반엔 이런 일이 있었다. 멍하니 강의실에 앉아 있
는데 어떤 애가 게걸음으로 내 옆을 지나는 것이었다. 그
게 뭐 어떠냐고 물을 테지만, 그 애 입에서 걸음 박자에
맞춰 흘러나오는 의태어가 심상치 않았다.

"쿰척쿰척, 쿰척쿰척!"

그 리드미컬한 음성은 그 애가 제자리를 찾아 앉을
때까지 계속됐다. 지금 생각하면 그러든 말든 내 알 바냐
싶지만 스무 살의 나는 심각해졌다. 내가 완전 오타쿠 소
굴에 온 것 같다는 확신이 들어서였다.

지금은 분야를 막론한 덕질 문화가 보편적으로 자리
잡았지만, 내가 새내기이던 2011년만 해도 '오타쿠'란 말
은 부정적인 의미로만 쓰였다. 주로 특정 애니메이션이나
게임에 몰두하는 마니아층을 낮잡아 부르는 용어였다. 과

특성인지 우리 과에는 실제로 오타쿠들이 많았고, 초반에 는 그 점이 낯설었다.

　하지만 인간은 적응의 동물. 시간이 지날수록 남들 의 오타쿠 기질 따위 신경도 쓰이지 않았다. 그보다 날 힘 들게 하는 건 자기 글을 대하는 동기들의 극단적인 태도 였다. 사실 학생들의 글이란 대부분 거기서 거기이기 마 련이었다. 아직은 모두 어리고, 습작 기간도 짧은 데다 삶 의 경험도 미진하기 때문이었다. 그럼에도 어떤 애는 지 나치게 자기 실력을 과신했고, 또 어떤 애는 지나치게 자 기 글을 비하했다. 심지어 이 자신감의 차이는 실제 글 퀄 리티와도 무관했다.

　그중에서도 특히 A는 자만심이 하늘을 찌르는 타입 이었다. 대체 누가, 혹은 무엇이 그에게 그만큼의 확신을 주는 건지 궁금할 지경이었다. 어쨌든 A는 시시때때로 주 워 담지 못할 망발을 일삼았다. 자기가 여기 있는 애들 중 압도적으로 잘 쓴다는 둥, 맘먹고 쓰면 신춘문예 당선은 따 놓은 당상이라는 둥, 선배 아무개가 본인을 견제하는 것 같다는 둥 하는 식이었다. A의 주접을 볼 때면 조롱을

글이
안 써지세요?
저도요

참기 힘들었지만, 한편으론 내가 뭐라고 싶은 마음이 들어 대충 넘기곤 했다.

한편 B는 신기하리만치 A와 정반대였다. 그는 늘 자기가 쓰는 글을 "나무야 미안해"라고 불렀다. 글 한 편을 쓰고 나면 "이번에도 나무에게 미안한 짓을 했어"라며 울상부터 짓는 것이었다. B에게도 물론 몇 가지 입버릇이 있었다. "난 진짜 쓰레기야", "이 학교는 무슨 생각으로 나 같은 걸 뽑은 걸까? 나 때문에 떨어진 사람한테 너무 미안해", "이 따위 걸 글이라고 쓰다니, 난 죽어야 돼" 등등이었다.

나는 문득 두 사람의 태도 차이가 어디서 기인하는지 궁금해졌다. 결국은 같은 학교 같은 과 학생임에도 한 명은 기세가 등등하다 못해 얄미웠고, 한 명은 내일이라도 당장 절필(?)을 감행할 위기였던 것이다.

비밀 아닌 비밀은 몇 번의 술자리와 모임을 거치면서 자연스럽게 밝혀졌다. 알고 보니 A는 완성한 글 대부분을 자기 부모님과 애인에게만 공유했던 거였다. 당연하게도 그들은 A에게 칭송만을 되돌려주었고, A는 그 달콤한 반응에 심취한 나머지 점점 메타인지를 상실하게 된 것이었다. 그러고 보면 A는 필수적인 과제 외엔 자기 글을 보여주는 법이 없었다. 조금이라도 싫은 소리 듣는 걸 차단하기 위함인 것 같았다. 실제로도 A는 누가 자기 글을 비판하면 질투 취급했다.

반면 B는 글을 쓰는 족족 인터넷 커뮤니티에 게시한다고 했다. 그것도 하필 유저들끼리 신랄한 막말을 일삼기로 유명한 익명 사이트였다. 왜 굳이 그런 곳에서 평가를 받냐고 묻자 B는 "그래야만 날것의 반응을 볼 수 있을 것 같아서"라고 답했다. 나는 여태 B 역시 작은 혹평에도 민감한 상태일 거라 생각했다. 하지만 그게 아니었다. 그는 오히려 여태 욕을 너무 먹은 나머지 이젠 욕을 먹지 않으면 불안해지는 경지에 이른 거였다.

그때 나는 극단적인 두 사람의 사례를 통해, 글을 쓰는 것만큼이나 글을 펼쳐놓는 경로 또한 중요하다는 걸 배웠다. 무작정 칭찬만 해주는 사람들에게만 글을 보여주는 것도, 악플러들에게 매번 조리돌림당하는 것도 건강한 글쓰기에 도움 되지 않는다는 걸 깨달았다.

지금 생각해보면 그때의 A와 B는 둘 다 나름의 이유

글이
안 써지세요?
저도요

로 글쓰기의 본질에서 벗어나 있었던 것 같다. 글을 쓴다는 건 결국 자기 안의 무언가를 솔직하게 드러내는 작업이다. 그런데 A는 그 과정에서 자기기만에 빠져있었고, B는 자기혐오에 빠져있었다. 둘 다 글 그 자체보다는 글에 대한 평가에만 몰두하고 있었던 셈이다.

나는 그들을 통해 균형의 중요성을 배웠다. 자신감을 갖되 교만하지 않고, 겸손하되 비굴하지 않은 그 미묘한 지점 말이다. 그리고 무엇보다 글쓰기라는 행위 자체에서 기쁨을 찾는 법을 터득하게 되었다. 타인의 평가는 참고사항일 뿐, 그것이 글쓰기의 전부는 아니라는 것도 함께.

물론 지금도 여전히 완벽하지 않다. 때로는 A처럼 오만해지고, 때로는 B처럼 자책하기도 한다. 하지만 그럴 때마다 그 시절의 경험이 나를 중심으로 돌아오게 한다. 글쓰기란 결국 자기 안의 진실을 찾아가는 여행이고, 그 과정에서 중요한 건 목적지가 아니라 걸어가는 발걸음 자체라는 것을 말이다.

지금 이 글을 쓰면서도 문득 그때의 A와 B가 궁금해진다. 그들은 지금도 여전히 글을 쓰고 있을까? 만약 그렇다면, 그들만의 균형점을 찾았을까? 어쩌면 우리 모두 각자의 속도로 그 답을 찾아가고 있는 중인지도 모르겠다. 그리고 그것만으로도 충분히 의미 있는 일이라고, 이제는 생각한다.

글을 잘 쓰는 방법은 모르지만, 망치는 방법 한 가지
는 확실히 알고 있다. 그것은 글쓰기를 신격화하는
것이다. 쓴다는 행위에 과도한 환상을 부여한 후, 지금 이
순간 글쓰기에 매진하고 있는 자신을 추앙하면 된다.

　　나는 문예창작과에 다니던 시절 이런 학생들을 자주
보았다. 예술대학 학생이 그 정도 자아도취도 없이 큰일을
하겠느냐고 묻는 사람도 있지만, 개인적으로는 글에 취한
사람이 술에 취한 사람보다 훨씬 난감하다고 생각했다.

술에 취한 사람은 자고 나면 멀쩡해지지만, 글 쓰는 자신에 취한 사람은 언제 깨어날지 모르기 때문이다. 이런 사람들의 세계에는 온통 자기 자신뿐이라 읽는 이의 영역이 없다. 재미가 있고 없고를 떠나 본인만 해독할 수 있는 글을 내놓고 의기양양한다. 어떤 교수님도 생각나는 그대로 '만' 쓰라고 가르치지 않았다. 독자를 배제하는 글이 좋은 글이라고 말씀하신 분도 없었다. 그보다는 글에 멋 부리지 말라는 충고를 자주 들은 것 같은데, (나를 비롯하여) 온전히 알아듣는 학생은 별로 없는 것 같았다.

학부생 시절에는 오로지 '아름답다'라는 감상만을 취하려는 일부 학생들 때문에도 답답함을 느꼈다. 겉으로는 다른 학생들을 존중하는 척하면서, 실은 본인의 자의식 충전소로 이용하는 경우가 왕왕 있어서였다. 그들의 자만은 자기 글이 이미 완벽하다고 여기는 데서 드러났다. 세상에 고칠 필요가 없는 글이 어디 있겠는가? 고치기를 멈춘 글이 있을 뿐이지….

이런 친구들은 글에 대한 비판을 자기 자신에 대한 비난으로 받아들여 양질의 합평을 나누기 힘들었다. 금세 화를 내거나 심하면 울어버렸다.

글이
안 써지세요?
저도요

내가 작가의 꿈을 일찍 버린 데는 미약하게나마 그런 이들의 영향이 있었다. 보통 저런 스타일(?)이 작가가 되는 거라면, 그 세계는 내가 갈 곳이 아닌 것 같았다. 나는 늘 자신감이 없었다. 내 글이 빛나 보인 적도 없었고, 간혹 칭찬을 들을 때면 내가 잘해서라기보단 상대방이 착한 사람이기 때문이라 여겼다. 그래서 나는 내가 글은 못 쓸지언정 겸손하다고 생각했다.

하지만 돌이켜보면 그 또한 바람직한 태도는 아니었던 것 같다. 스스로를 믿으면서도 겸손할 수 있는데, 그때의 나는 자기비하가 겸손의 또 다른 말인 줄로만 알았다.

자신을 지나치게 높이는 것이 오만이라면, 바닥까지 깎아내리는 것은 비겁함이었다. 오만한 사람이 독자를 지우면서 글을 망친다면, 나 같은 사람은 스스로를 지우면서 가능성을 죽이고 있었다. 글쓰기를 신격화하는 이들이 본인의 특별함을 증명하기 위해 펜을 잡을 때, 나는 나의 평범함을 감추기 위해 손을 멈췄다. 결국 두 가지 태도 모두 글이라는 본질보다는 '글을 쓰는 나'라는 존재에 지나치게 매몰되어 있다는 점에서는 비슷했다.

내가 진짜 겸손했다면 좀 더 치열해야 했다. 못 쓰니

까 안 하겠다고 뺀질대지 말고, 어떤 부분이 부족한지 정면으로 부딪쳤어야 옳았다. 부족함을 인정한다는 핑계로 비판받을 기회를 원천 차단했던 나의 태도는 어쩌면 다른 친구들보다 교묘한 형태의 자기방어였던 것 같다. "나는 재능이 없다"라는 말은 결국 겸손의 증거가 아니라 두터운 핑계였던 셈이다.

만약 대학시절로 돌아갈 수 있다면, 너무 겁을 먹고 있던 내게 이렇게 말해주고 싶다. 글쓰기는 예술이지만 노동이기도 하다고. 어떤 부분은 재능의 영역이지만, 어떤 부분은 성실함으로도 충분히 견인된다고 말이다. 글 잘 쓰는 방법이야 평생 연구해도 잘 모를 테지만, 모르는 채로 작가가 될 수 있다고도 귀띔해주고 싶다. 승거는 미래의 내 모습이다. 서른 중반이 된 지금도 거의 모든 것을 모르지만, 어쨌든 작가로 살아가고 있지 않은가!

내 친구 A는 말이 무척이나 많다. 함께 있으면 이른 바 '오디오가 비는' 일이 없는 사람이다. 그러나 그 애에 대한 주변의 평가는 다소 박한 편이었다. 말이 많아도 너무 많고, 그야말로 말만 많다는 것이었다. 다른 지인들은 A와 있으면 정신이 쏙 빠진다고 했다. A가 왜 자꾸 누구도 궁금하지도 않은 이야길 하는지 모르겠다고도 했다. 하루 종일 그 애와 몇 시간을 떠들어도 집에 갈 때쯤이면 허한 느낌이 든다는 사람도 있었다.

왜 그런가 하니, A는 잠깐의 침묵도 견디지 못하는 성미였다. 단 10초라도 대화가 비는 틈이 있으면 그 책임이 자기한테 있다는 듯 안절부절못하며 끊임없이 새로운 화제를 만들어냈다. A와의 수다가 피상적인 이유도 그 애가 지닌 그런 불안감 때문이었다. 대화 자체보단 말소리라는 소음을 발생시키기 위해 말을 하므로, 함께 있는 사람들이 묘한 거리감을 느끼는 거였다.

그렇지만 나는 A를 나쁘게 생각한 적이 없었다. 오히려 그 애의 마음과 노력을 이해했다. 빈칸으로 두느니 뭐라도 쓰기 위해 두서없는 문장을 줄줄 이어 붙여본 경험이 나에게도 많기 때문이었다. 그 애는 말할 때, 나는 글쓸 때라는 상황이 달랐지만 본질적으로는 비슷한 습관이었다. 둘 다 자신의 습관을 어쩌지 못하는 것조차 비슷했다. 그러나 한편으론 거울 치료가 되기도 했는데, 대화에서 양보단 질이 중요하듯 글에서도 마찬가지임을 깨달았기 때문이었다.

A는 너무 많은 얘기를 쏟아내듯 하기 때문에 말실수도 잦은 편이었다. 자기 말에 자기부터 휩쓸려서 길을 잃는 경향이 있었다. 그래서 가끔은 실제 화가 난 정도보

다 더 격앙되었고, 실제 좋아한 정도보다 더 사랑했으며, 그 과정에서 부자연스럽게 남을 비난하거나 좋아하게 되는 일도 다반사였다. 그야말로 말이 말을 부르다 보니, 결국 혼자 과잉의 상태로 치달아버리곤 했다. 나는 A가 그럴 때마다 남 일 같지 않았다. 자꾸만 나의 글쓰기를 돌아보게 되었다. 나도 저런 식으로 쓰고 있지 않은가? 곰곰이 따져보면 나야말로 심각한 것 같았다.

그전까지 나는 글을 고칠 때 더하기 수정을 주로 하는 편이었다. 주제와 동떨어지는 문장이 있거나, 글에 나만 맥락을 아는 마이너한 농담이 끼어들거나, 갑자기 논조가 격해지거나 할 때마다 줄줄이 설명을 덧붙였다. 당연히 내가 봐도 글이 뚱뚱해 보인다는 느낌이 들 때가 많았다. 분량이 길지 않은데도, 화면에서 멀리 떨어져 보면 다 똑같이 생겼는데도, 비대한 느낌이 전해진다니 신기하다는 생각이 들 정도였다.

하지만 기껏 쓴 내용을 지우는 건 너무 아까웠고, 지운 만큼 새로운 문장을 지어내야 하는 건 조금 끔찍하기까지 했다. 이런저런 문장을 덧붙인다고 읽는 이의 이해를 해치거나 불친절한 글이 되는 건 아니므로 어딘가 걸리는 마음을 애써 넘기곤 했었다. 돌이켜보면 역시 시간을 낭비하기 싫다는 마음이 가장 컸던 것 같다. 글자들을 지우다 보면 거기까지 쓰기 위해 할애한 시간들이 헛수고가 되는 듯했다. 이왕 썼다면 그것이 어떤 문장이든 밖으로 나가서 빛을 보길 바랐다. 대부분의 글쓰기 책이 '되도록 많이 지우라'고 조언하는 걸 알면서도 나는 대가들의 가르침을 외면했다.

그러던 어느 날은 청탁받은 원고 중 한 편이 분량 제한에 걸렸다. 3,000자가량의 글을 한 편 요청받았는데, 쓰다 보니 5,500자까지 불어난 것이었다. 여태까진 인터넷에 게시되는 경우가 대부분이라 문제가 없었는데, 그 원고는 지면에 인쇄되기에 너무 부족하거나 넘치면 안 되는 경우였다. 나는 서둘러 능숙하지 않은 빼기 수정에 돌입했다.

더 쓰는 것도 아니고, 이미 쓰인 문장을 적절히 지우는 거라면 쉬울 줄 알았다. 하지만 의외로 빼는 작업이 훨씬 어려웠다. 별 의미 없는 부분인 듯하여 과감히 지워버리면 앞뒤 문장이 어색해졌고, 문단 단위로 뭉텅이 제거

166

를 하면 글 자체에 뻥 뚫린 구멍이 생겼다. 내용을 덧붙이는 수정에는 큰 계산이 필요하지 않은데, 줄이는 과정에는 요모조모 살피며 신경 써야 할 부분이 많았다.

결국 나는 얼마 되지 않아 녹초가 되었다. 처음부터 끝까지 내가 쓴 글임에도 그것을 압축하고 재배열하자니 마음대로 되는 부분이 하나도 없었다. 그때 문득 부모님 얼굴을 떠올렸다. 엄마 아빠도 날 볼 때 이런 기분이었을까 싶었다. 그들이 나의 단점을 고쳐주려 할 때마다 기가 막히게 엇나갔던 지난날들이 생각났다. 자기가 만들었다고 자기 마음대로 다뤄지는 건 아니라는 걸 깨닫자 막막한 심정이 조금은 나아졌다. 하지만 자식이야 알아서 살아간다 쳐도 글은 끝까지 온전히 내 책임이었다.

마침내 나는 예상한 것보다 훨씬 오랜 시간을 들여 원고의 분량을 줄이는 데 성공했다. 군더더기를 전부 쳐내고 문단 배열까지 손보고 나니 글이 처음보다 훨씬 날렵해졌다. 내 글을 보면서 (좋은 쪽으로) 가볍다는 느낌을 받아본 것은 오랜만이었다. 아니, 스스로 쓴 글이 맘에 드는 현상 자체가 오랜만이었다. 반 절가량 지우며 쳐낸 내 글은 더 이상 A의 모습을 닮아 있지 않았다.

지금도 다 쓴 원고를 퇴고할 때마다 A 특유의 대화 습관을 기준으로 삼곤 한다. '어떤 문장이 군더더기인가?'라고 생각하면 판단하기 애매하지만, 질문을 좀 더 세분화하면 뺄 문장을 골라내기가 쉬워졌다. 이를테면 '백지를 견디지 못해 아무 글자로 채워놓진 않았는가?', '편안한 소음 같은 문장을 대충 부려놓진 않았는가?', '누구도 궁금해하지 않을 내용이 껴있진 않은가?', '내 글에 내가 휩쓸려 방향성이 바뀌진 않았는가?' 하는 점들이었다.

기준을 확실히 하니 빼는 수정도 처음보다 힘들진 않았다. 지워지는 내용들이 아깝다는 생각도 들지 않았다. 글 속에서의 텍스트는 지워질지라도 그 내용은 결국 다른 문장에 녹아들어 여전히 글의 일부로 존재하기 때문이었다. 이제는 오히려 덧붙이는 수정이 훨씬 힘들어져 글을 증량하기가 힘들다. 어느덧 덜어내는 과정에 훨씬 익숙해졌다는 걸 실감한다.

얼마 전 오랜만에 만난 A에게는 고마움을 표현하려다 말았다. 너에게서 나 혼자 반면교사를 느꼈다고 하면 친구의 기분이 상할 것 같아서였다. 여전히 많은 말을 빠르게 쏟아내며 갖가지 화제를 넘나드는 A를 보며, '그런데 이 모습이 나쁜가?'라고 생각했다. 나의 글은 앞으로도 계속 고쳐져야 하겠지만, 친구만의 개성은 그대로 두어도 좋지 않을까 생각했다.

할머니가 돌아가신 날부터 3일 내내 비가 왔다. 나는 우울하고 척척한 장례식장에서, 어른들 눈물과 하늘에서 내리는 빗물 중 무엇이 더 거셀까 따위를 헤아리고 있었다. 딴생각이라도 하지 않으면 슬픔과 무서움과 졸음을 떨치기 힘들었다. 나는 겁을 집어먹은 나머지 입관에도 참여하지 못했다. 애도하지 않은 게 아니었다. 가는 길에 손 한 번 더 잡아드리고 싶은 마음도 있었는데, 그럼에도 시신이 되어버린 가족의 신체가 두려웠다. 나는 죽은 사람에게도 몸은 남는다는 것이, 몸이 여기 있는데도 죽은 사람은 죽은 사람이라는 것이 잘 이해되지 않았다.

　장례식의 마지막 절차는 매장이었다. 할머니는 일찍이 돌아가신 할아버지 옆자리에 묻힐 예정이었다. 우리는 식장에서 대절해준 버스를 타고 굽이굽이 공동묘지를 올랐다. 좁고 가파른 산길에서 몇 번이나 바퀴가 헛돌 때면 전혀 다른 두려움이 밀려오기도 했다. (오늘 다 죽는 거 아냐?)

　"여기서부턴 차가 못 가요. 걸어 올라가셔야 해요."

　아니나 다를까, 기사님의 전언이었다. 가족들은 결국 하나둘씩 우산을 펴며 차에서 내릴 수밖에 없었다.

　그런데 문제가 하나 있었다. 우리 아빠가 본인 우산을 잃어버렸는지 엉뚱한 우산을 쓰고 있는 게 아닌가. 그것은 퀴어 퍼레이드에서도 부담스러워할 듯한 총천연색 무지개 우산이었다. 검정 장우산의 행렬 속에서 빨주노초파남보가 휘몰아치는 그 우산은 너무 튀었고, 너무 부적절해 보였다. 나는 아빠에게 다가가 지금 대체 뭘 쓰고 있는 거냐고 물었다가 멀쩡한 내 우산을 뺏겼다. 이제 피에로 같은 무지개 우산을 들고 있는 사람은 내가 되었다.

인부들이 미리 파놓은 묘지의 구덩이 속으로 할머니의 관이 놓였다. 큰아빠, 나의 아빠, 작은 아빠, 고모… 할머니의 자식들이 저마다 곡소리를 내며 할머니께 안녕을 고했다. 하지만 내 시선은 자꾸 우산으로만 향했다. 내가이렇게나 엄숙한 장소에서 이렇게나 되바라진 물건을 들고 있다는 것이 믿기지 않았다. 하지만 시간이 조금 지난후에는 바로 그 되바라짐 때문에 웃음이 났다. 피식 새어나온 웃음은 곧 힘주어 참아야 할 만큼 짙어졌다.

한편 매장 절차도 거의 끝나가고 있었다. 장의사님이 "고인의 손자들은 앞으로 나와 마지막 인사를 하세요"라고 했을 때였다. 말할 순서를 안 정해놨기 때문인지 모두가 한 발짝씩 앞으로 나오다 양보하듯 빌을 뒤로 물렸다. 침묵 속의 우왕좌왕이었다. 실은 몇십 초밖에 안 되었을 테지만, 왜인지 당시엔 굉장히 긴 혼잡으로 느껴졌다. 결과적으로 아무도 나서지 않자 장의사가 당황하는 것 같았다. 그때였다. 구석에 서 계시던 사촌 고모부께서 갑자기 에어로빅 강사처럼 박수를 쭈압쭈압 치며 사람들의 이목을 끌었다.

"자, 우리 정씨 가족들! 지금 날씨도 험하고 시간도

글이
안 써지세요?
저도요

많이 지체되었어요. 할 말이 있으면 마음속으로 해도 다 들어주시겠죠? 이제 마지막으로 모두 묵념 한 번씩 하고 끝내는 걸로 합시다! 자! 다 같이 묵념!"

고모부의 말이 끝남과 동시에 사람들은 반사적으로 고개를 숙였다. 숙이면서도 약간 의아한 마음이 들었다. 장례식을 이렇게 끝내는 것이 맞는 건가 싶은 거였다. 그때 내 옆에 서서 얼굴이 축축해지도록 울먹이던 아빠의 혼잣말 소리가 들려왔다.

"뭐야, 이쒸… 자기가 무슨 MC야?"

돌이켜보면 별로 웃긴 말도 아니었다. 웃기려고 한 말도 아닐 테고… 그냥 아무 말도 아니었다. 하지만 나는 그때 하마터면 주저앉아 폭소를 터뜨릴 뻔했다. 어디서 튀어나왔는지 모를 괴상한 우산도, 고모부 멘트도, 아빠의 혼잣말도 모두 황당했다…. 할머니는 하늘나라에서 이 꼴을 어떻게 보고 계실까 생각하다 보니 싱글벙글 웃음이 났다. 내가 기억하는 할머니라면 그 무엇도 꾸짖지 않을 것 같아서였다.

누군가 내게 유머에 대해 물어올 때마다 그날의 장

례식을 생각한다. 이전의 나는 유머에 대해 다소 경직된 고정관념을 갖고 있었다. 개그쇼처럼 맑고 구김 없는 박장대소를 이끌어내는 것만이 백 점짜리 유머라고 생각했던 것이다. 하지만 유머란 생각보다 별 거 아니었다. 웃음의 범위나 농도보다는 그냥 웃음이 유발된다는 사실 자체가 중요한 것 같았다.

그리고 무엇보다, 유머는 슬픔을 부정하지 않는다는 것을 깨달았다. 할머니가 돌아가셔서 나는 분명히 슬펐다. 할머니가 다시는 돌아오지 않으리란 사실이 두려웠고, 부모를 잃고 아이처럼 우는 어른들의 모습에서도 겁을 먹었다. 하지만 나는 동시에 웃었다. 아무것도 변하는 건 없었지만… 그래도 웃음은 슬픔과 슬픔 사이 숨 쉴 틈을 만들어주는 띄어쓰기 같은 것이었다.

그날 이후 나는 웃긴 글을 쓰고자 하는 마음을 내려놓았다. 간혹 글이 재미있단 얘기를 들을 때마다 알게 모르게 기대에 부응해야 한다는 부담이 쌓여갔다. 하지만 웃기려 할 때마다 이상하게 글이 붕 뜨고 부자연스러워지는 것도 사실이었다. 유머는 의도에서 나오는 것이 아니라 삶의 틈새에서 불쑥 솟아나는 것이라는 걸 깨달았다.

글이
안 써지세요?
저도요

요즘은 그냥 내가 겪은 일을 있는 그대로 쓰려고 노력한다. 슬프면 슬픈 대로, 황당하면 황당한 대로, 무섭거나 어색하면 그런 감정도 그대로 둔다. 솔직하게 쓰다보면 운 좋게 유머가 깃드는 순간이 오는데, 차라리 그때를 기다리는 것이 훨씬 타율이 높다. 대신 언제 어느 때고 글 행간에 자연스러운 유머가 깃들 수 있도록 유쾌하게 살려고 노력하는 중이다.

"어떻게 하면 재미있는 글을 쓸 수 있나요?" 질문을 받을 때마다 대답이 궁했는데 이제는 확답할 수 있을 것 같다. 일단은 그냥 재미있게 삽시다. 그러다 보면 글도 재미있어질지 모르죠….

인생에서 최초로 크게 후회해본 순간을 꼽으라면 10살 무렵이 떠오른다. 타락이 뭔지도 모르던 꼬마 시절. 꿀벌 쫓는 요령조차 없어 허구한 날 쏘이고 징징 울던 바보가 바로 나였다. 그토록 순진한 내게 약간의 특이점이 있다면, 소녀치곤 꽤나 아찔한 도박성 유흥을 즐겼다는 점이다.

당시 내가 눈에 핏발이 서도록 열중하던 종목은 '학 종이 따먹기'였다. 그것만이 학교에 다니는 의미였고, 짓궂은 남자애들을 쉬는 시간마다 상종하는 이유기도 했다. 여자 친구들은 그림을 그리거나 공기놀이를 하느라 학종이 따먹기는 하지 않았기 때문이다.

어쨌든 룰은 간단했다. 은밀히 교실 뒤로 모인 선수들이 일정량의 학종이를 베팅한 후, 순서대로 손뼉을 쳐 자기가 뒤집은 만큼의 종이를 가지는 식이었다. 의욕은 그득하나 손아귀가 야무지지 못했던 나는 자주 올인을 당했다.

"아잇, 안 돼에…!"

"우하하. 정지음 또 졌대요. 너 이제 학종이도 없지? 완전 그지지?"

"그지야, 냄새나! 저리 가!"

빈털터리가 된 채 치욕에 떨 때마다 야유와 조롱이 따라왔다. 물론 처음엔 참았다. 울고 싶은 걸 꾹 참고, 훗날을 도모하는 식으로 대응했다. 준비물 값을 최대한 땡겨 아침마다 성실히 새 학종이를 사간 것이었다.

그러던 어느 날, 나는 마침내 수상한 낌새를 채고 말았다. 가만 보니 남자애들 사이엔 나만 모르는 동맹이 있었던 것이다. 이것들은 서로의 반칙을 봐주었고, 은근슬

쩍 입바람을 보태거나 내 순서를 훼방 놓는 식으로 조력을 주고받았다. 개들은 학종이를 사는 데 돈을 쓰지도 않았다. 다만 나를 호구 잡아, 내가 새것을 사 오는 족족 빼먹을 뿐이었다.

발칙한 유착관계를 적발해낸 나는 크게 분노했다. 어찌나 화가 나는지 뒤통수에 쩌억 금 가는 느낌이 들 정도였다. 바로 그 순간, 도통 영문을 알 수 없는 일이 벌어졌다. 아기 바지락처럼 앙다문 내 입술을 비집고, 생전 듣도 보도 못한 쌍욕들이 터져 나온 것이었다.

"이 ×× 개 ×놈의 ×끼들아! 너네들 다 ×지고 싶어? 어?! 뒤×고 싶냐고, 미친 ××××들아, @&₩!?%*^"

단언컨대 그게 내 생애 처음 해본 욕설이었다. 실제로 내뱉기 전까지 난 내가 그런 말을 안다는 사실조차 몰랐다. 그러나 낙장불입이었다. 한 번 뚫린 입은 나를 광란의 세계로 데려가 주었고, 그날부로 내게는 '싸이코'라는 별명이 붙어 오랫동안 떨어지지 않았다.

집에 가는 길, 어린 싸이코는 자신의 추잡한 언행을 반성했다. 나쁜 말을 많이 했다는 이유로 나쁜 사람이 된 것 같았다. 대체 어디서 그런 걸 배웠는가 하니 의외의 공

글이
안 써지세요?
저도요

간이 떠올랐다. 당시 즐겨 하던 컴퓨터 게임 유저들이 그토록 분별없는 욕설을 사용했던 것이다. 나는 초딩이니 봐달라 읍소해봐도 아저씨가 징그럽게 애 흉내를 낸다며 더 호된 욕을 먹을 뿐이었다. (아빠 주민등록번호로 가입해서 그런 것인데….) 그렇게 들은 말들이 나도 모르는 새 일종의 데이터로 쌓인 모양이었다.

불특정 다수의 채팅을 막을 순 없으므로… 나는 차라리 내 입을 단속하기로 했다. 앞으로는 화가 많이 나도 예쁜 말을 쓰리라 다짐하고 또 다짐했다. 그러나 내가 거듭하여 깨닫게 된 것은, 인간의 결심 따위란 얼마나 부질없는가 하는 정도였다.

안타깝게도 난 그 후 23년이 흐른 지금까지 한 번도 욕을 끊어본 적이 없다. 나도 날 화나게 하고 남들도 날 화나게 해서 입속에선 매일 불길이 솟는다. 매년 1월 1일이 올 때마다 바른 말 고운 말 캠페인을 세우지만 어림도 없기에, 이제는 오히려 전통적인 욕설(?)만 사용하자는 다짐을 하는 중이다. 요즘 쓰이는 각종 혐오 표현 중에는 욕보다 더 나쁜 말들이 훨씬 많기 때문이다.

내가 어릴 때만 해도 욕은 욕일 뿐, 욕에 특별한 맥락은 없었다. 욕 아닌 단어가 욕의 역할을 수행하는 경우도 거의 없었던 것 같다. 하지만 이제는 겉보기에 평범한 단어에도 지난한 혐오와 배제의 뜻이 다닥다닥 붙곤 한다. 그런 말들은 특정 집단을 향한 칼날이 되어 누군가의 존재 의미 자체를 부정한다. 단순히 화를 표출하는 수준을 넘어서, 상대를 인간 이하로 격하시키고 모욕하는 언어들이 많다.

나도 나름 욕쟁이지만, 그런 말들은 되도록 쓰지 않으려 애쓴다. 글을 쓰는 사람으로서 최소한의 선은 지키고 싶어서다. 내가 경계하는 말들을 가감 없이 써재끼는 사람도 멀리한다. 10살 무렵 이미 내 안에 내가 모르는 언어의 저수지가 있음을 배웠기 때문이다. 무심코 흘려들은 말들이 어느새 내면으로 뿌리내려, 감정의 수위가 높아지는 순간 저절로 튀어나올까 봐 경계를 늦추지 못하겠다.

학종이 따먹기 농락 사건으로 극한의 분노를 경험했지만, 분노의 총량보다 값진 깨달음을 얻었으니 이제는 그 남자애들을 용서해주려 한다. 나쁜 일에서 좋은 가르침을 얻었다면 결과적으론 잘된 일일 테다.

글이
안 써지세요?
저도요

문득 그 애들도 나를 기억하고 있을까 궁금해진다. 다 괜찮은데 '싸이코'라 불렸던 사실만은 잊어줬으면 좋겠다.

글을 쓰다 보면 막히는 현상을 빈번하게 겪는다. 문장이 이어지지 않고, 생각이 흐르지 않으며, 커서만 깜빡이는 빈 화면 앞에서 좌절과 무력감을 느낀다. 물도 없는 머릿속에 거대한 댐이 세워진 것만 같다.

이럴 땐 흔히 말하는 '영감'이 돌아오길 기다리거나 억지로라도 막힌 부분을 이어가려 애쓰곤 했다. 애꿎은 커피를 연달아 들이켜거나 필요 없는 샤워를 감행할 때도 있었다. 하지만 글쓰기에는 더 단순하고 효과적인 해결법이 있었다. 바로바로, '막히면 즉시 딴 걸 쓰면 된다'는 것이었다.

이 방법은 우연한 기회로 발견하게 되었다. 어느 날 도저히 집중이 안 되는 글 앞에서 포기하듯 새 문서를 열었는데, 신기하게도 전혀 다른 주제의 글은 술술 써지는 것이었다. 이후로 나는 글을 쓰다 더 이상 써지지 않는 시점이 오면 미련 없이 새 창을 켰다. 그리고선 이전 글에 대한 고민이 전혀 없었던 것처럼 새로운 글을 적어나갔다. 이 글조차 막히면 또 새로운 창을 켜고, 활성화된 문서창이 5~6개가 될 때까지 이 과정을 반복했다. 1번 글이 막히면 2번으로, 2번이 막히면 3번으로… 징검다리를 건너다니듯 글을 쓰는 것이었다.

처음 이 발견을 공유했을 때, 친구들의 반응은 회의적인 편이었다. "그러다 결국 죽도 밥도 안 되는 거 아냐?", "너무 정신 사납지 않아? 완전히 집중해도 모자랄 판에"라는 반응이 부지기수였다. 하지만 내게는 오히려 한 번에 5~6가지 글을 컨트롤할 수 있는 획기적인 비법이었다. 여러 개의 글을 동시에 쓴다니 비효율적으로 보이는 것도 이해하지만, 익숙해지고 나면 오히려 낭비되는 시간이 줄어드는 생산적인 방식이었다.

이 방식엔 또 다른 장점도 있었다. 글쓰기 자체가 덜 무거워진 것이다. 예전엔 한 편의 글에 모든 걸 쏟아부어야 한다는 강박이 있었다. 그러니 한 문장 한 문장이 무겁고, 한 글자도 허투루 쓸 수가 없었다. 하지만 지금은 이 글이 안 되면 저 글이 있고, 저 글도 안 되면 또 다른 글이 있다는 걸 알기에 완성도에 대한 집착을 자연스레 내려놓을 수 있었다.

처음에는 글쓰기가 선형적인 작업이라고 생각했다. 서론부터 시작해 본론을 거쳐 결론까지, 순서대로 완벽하게 써 내려가야 한다고 믿었다. 하나의 글을 끝마친 후 새로운 글을 시작할 때의 정돈된 느낌이 좋기도 했다. 하지만 시간이 지날수록 자꾸만 글쓰기가 늘어지고 더뎌졌다. 막히는 구간에 소요되는 시간이 너무 길어지기 때문이었다. 어떨 때는 하루 종일 기다려도 별 수확이 없었다. 결국 나는 생각을 고쳐먹었다. 글쓰기는 선형적이라기보단 원형적인 작업인 것 같았다. 때로는 나선이어서 빙글빙글 돌아가다 보면 어쩔 수 없이 뒤죽박죽되곤 했다.

글이
안 써지세요?
저도요

쓰고, 고치고, 지우고, 바꾸고, 여러 가지 시도를 해 봐도 풀리지 않을 땐 쓰고 있던 글을 미련 없이 지워버리기도 했다. 처음엔 너무 아깝고…(!) 그런 행동이 포기나 도피처럼 느껴지기도 했다. '노력이 부족한 것은 아닐까? 조금만 더 버티면 돌파구가 보이지 않을까?' 싶기도 했다. 하지만 경험상 억지로 붙잡고 있는 글은 결국 좋은 결과물로 이어지지 않았다.

어떤 글에는 시작과 완성 사이에 반드시 물리적인 공백이 필요했다. 실제로 시간이 조금 지난 후 다시 써보면, 당시엔 털끝만큼도 보이지 않던 힌트가 거저 얻어지곤 했다. 물론 어떤 글들은 아예 회생이 불가하기도 했지만, 그 또한 상관없었다.

모두 내 실력이 미진한 탓이리라 생각하면 마음이 가벼워졌다. 나는 아직 배우는 중이고, 성장하는 과정에 있으며, 그러니 서툴 수밖에 없다는 걸 받아들였다. 그러자 글쓰기가 평가나 심판의 장이 아니라 연습과 실험의 장으로 느껴졌다.

나는 자주 두서없는 글을 썼지만, 그것조차 개성으로 받아들여주는 사람들이 있었다. 내심으로는 차분하고 일목요연한 글을 쓰는 작가들이 부럽기도 했다. 하지만 무리해서 그들이 되려 하기보단 이미 가진 개성이나마 잘 꾸려나가자는 다짐을 했다. 내 안의 진솔한 이야기를 쓰면서 자꾸 남이 되고 싶어 하는 내 모습이 모순적으로 느껴진 탓도 있었다. 내가 지금 부족하다면 완벽을 꾸며내기보단 서툰 그대로의 모습을 드러내는 게 나을 것 같았다.

나는 우선 첫 문장에 대한 집착부터 버렸다. 첫 문장이 완벽하지 않으면 다음 문장으로 넘어갈 수 없다고 생각하는 순간, 스스로가 만든 시간 감옥에 갇히기 때문이었다. 완벽한 문장을 쓰는 것보다 중요한 건 완벽하지 않음을 감내하고 다음으로 넘어가는 결단력이었다. 거칠어도 좋고 어색해도 좋으니 일단 쓰자는 생각이 백지상태를 탈피하는 첫걸음이었다. 한 곳에 꽂히면 파고드는 습성을 가진 내게 쉬운 일은 아니었다. 하지만 노력하다 보니 내 글을 '흐린 눈'으로 보는 것에도 익숙해졌다.

이제 나는 막힘을 두려워하지 않는다. 막힘은 그저 다른 글로 옮겨갈 때가 됐다는 신호일지도 모르기 때문이

글이
안 써지세요?
저도요

다. 그리고 언젠가는 막혔던 부분도 자연스럽게 풀릴 거라는 것 또한 믿게 되었다. 글쓰기는 기다림의 예술이기도 했다. 다만 그 기다림이 백지 앞에 앉아 커서만 바라보는 수동적인 기다림이 아니라, 다른 글을 쓰며 무의식이 일하도록 두는 능동적인 기다림이었다.

지금 이 순간에도 나는 두세 개의 창을 오가며 번갈아 글을 채우고 있다. 이 중 가장 빨리 완성되는 것이 오늘 마감 시간에 제출될 것이다. 글쓰기는 여전히 어렵고 앞으로도 계속 어려울 테니, 더더욱 나만의 요령을 많이 찾아두고 싶다.

원고 일정을 맞추다 보면 어쩔 수 없이 며칠 정도 철야를 해야 할 때가 있다. 미리미리 해두면 된다는 걸 모르는 건 아니지만, 여러 가지 이슈로 그런 이상적인 일은 좀처럼 일어나지 않는다. 내 생각엔 글쓰기가 나 홀로 24시간 가능한 작업이라 그런 것 같다. 둔중한 기계를 돌려야 하거나, 햇빛이 필요하다거나, 매 순간 여러 명이 협업을 해야 한다면 이런 식으로 밀리진 않을 것 같은데⋯. 처음부터 끝까지 나 혼자, 내 방 안에서 해내는 작업이다

글이
안 써지세요?
저도요

보니 시간 안배가 제대로 되지 않는다.

나는 아침이면 주로 이런 생각을 한다. "낮에 하자" 고. 낮에는 다시 "밤에 하자"고, 밤에는 당연히 "새벽에 하자"로 흐르는 다짐이다. 일을 미룰 때마다 실감하는 사실 하나는, 세상의 그 어떤 태산보다 높은 건 결국 자기 자신 이라는 것이다.

그날도 여느 때처럼 발등에 불이 떨어진 날이었다. 써야 할 원고의 양은 태산인데 아무것도 시작되지 않았 다. 미루기 전문가로서 진작 깨달은 바가 있다면, 일이 밀 리는 데도 어느 정도 선이 있다는 것이다. 적정선까지는 밀리고 밀려도 생명력을 깎아 넣어 바로잡을 수 있다. 하 지만 돌이킬 수 없이 밀려버리면, 만회하려는 의지보다 패배감이 더 커지기 때문에 그야말로 망하고 만다. 그날 은 딱 그 운명의 기로에 있었다. 오늘 밤을 꼴딱 새운다면 가까스로 일정을 맞출 수 있지만, 오늘도 성과 없이 보내 면 출간 일정 전체가 흔들릴 상황이었다.

중압감에 휩싸여 어쩔 줄 모르던 나는 일단 초저녁 부터 짐을 꾸렸다. 이렇게 중요한 날, 맨날 퍼질러 누워 있던 집구석에 머무르다간 일을 그르칠 것 같아서였다. 밤샘이 확정된 날엔 오히려 집이 가장 위험한 공간이 된다. 고개만 돌리면 익숙한 침대와 익숙한 소파가 유혹하듯 날 기다리고 있기 때문이었다. 고심 끝에 집에서 꽤 먼 24시 카페 한 곳을 선택했다. 그곳은 밤새 술을 마시고 취한 채로 첫차를 기다리는 사람들이 많아 평소에는 피하던 곳이었지만, 오늘 같은 날엔 왁자지껄한 분위기가 차라리 나을 것 같아서였다.

3층짜리 대형 프렌차이즈 카페는 과연 너저분했다. 아직 그리 늦은 시간이 아님에도 술 냄새와 담배 냄새를 풍기며 시끄럽게 구는 사람들이 곳곳에 포진해 있었다. 나는 최대한 구석에 자리를 잡고 노트북을 펼쳤다. 나만 이렇게 일하는 건가 싶었지만, 나만큼 꾀죄죄하고 울적해 보이는 사람들도 제법 있어 위로가 되었다.

적절한 소음이 ASMR처럼 들려서인지 작업은 제법 순조로웠다. 가끔 머리로 생각하는 속도보다 손이 자판을 두드리는 속도가 더 빠를 때가 있는데, 그날이 딱 그런 날이었다. 하지만 행운은 오래가지 않았다. 자정쯤 되니 자연스레 졸음이 찾아왔다. 잠이 올까 봐 아이스 아메리카

글이
안 써지세요?
저도요

노를 링거처럼 마셨는데도 소용이 없었다. 나는 어느새 키보드 위에 손을 올려둔 채 꾸벅꾸벅 졸고 있었다.

얼마나 비몽사몽이었을까? 비어 있던 옆 테이블이 소란해지는가 싶더니, 순식간에 앳되고 불량스러운 남자들이 들어차기 시작했다. 뭔가 안 좋은 예감이 들었다. 그들은 너무 취해 있었고, 때문에 계속 극도로 유쾌한 상태와 불쾌한 상태를 넘나들었다. 자기들끼리 막 웃다가 쌍욕을 하다가 다시 폭소하길 반복하는 식이었다. 듣고 싶진 않았지만 거리가 너무 가까우니 대화 내용이 속속들이 귀에 꽂혔다. 심하게 상스러운 대목에선 나도 모르게 눈이 번쩍 뜨였다. 과연⋯. 네이티브들이 쓰는 비속어는 TV나 영화에 나오는 양아치들의 것에 비할 바가 아니었다.

나는 후드 모자를 뒤집어쓴 채 존재감을 희석시키려 애썼다. 화장실에 가고 싶었지만, 가려면 그들이 의자 등받이에 걸쳐놓은 롱패딩을 건드려야 할 것 같아 그냥 참았다. 겁먹은 나머지 1g의 주목도 끌고 싶지 않아서였다. 그때만큼은 아직도 한참 남은 원고가 구세주로 보였다. 어쨌든 쳐다보고 집중할 거리가 있다는 게 다행이었다.

그때였다. 개중 제일 까불거리던 남자가 별안간 목

소리를 낮추며 은밀하게 묻는 것이었다.

"빨강? 아니면 파랑?"

왜인지 여태 고함치던 것보다 그 작은 한마디가 더욱 선명히 들려왔다. 나는 나도 모르게 속으로 대답했다.

'빨강⋯.'

텔레파시가 통했는지 친구들 대부분도 '빨강'을 골랐다. 잠시 후 스마트폰을 조작하던 남자가 기쁨에 겨워 광분했다. 빨강이란 결과가 적중하여 몇백만 원을 딴 모양이었다. 누가 봐도 온라인 도박의 현장이었다. 내 돈도 아닌데 덩달아 심장이 두근두근했다.

남자는 초심자의 행운이란 게 있다며 매번 친구들의 의견을 구했다. 나는 어느새 그들의 대화에 완전히 빠져들어 있었다. 아무도 내게 묻진 않았지만, 판마다 소신껏 빨강 혹은 파랑을 골라잡았다. 틀리면 안타깝고, 맞으면 희열이 일었다. 정말 신기한 일이었다. 불과 몇 분 전까지만 해도 그렇게 졸렸는데, 이제는 잠이 뭔지 기억도 나지 않았다.

연달아 몇 번을 이긴 그들은 그야말로 축제 분위기였다. 어찌나 좋아하는지 환호하는 소리가 바나나 탄광을

글이
안 써지세요?
저도요

발견한 고릴라들 같았다. 그러나 고릴라들의 축제는 20분도 지속되지 못했다. 어디선가 번개같이 나타난 아저씨 한 분이 순식간에 다가와 베팅 남의 뒤통수를 후려갈긴 것이었다. 빡! 하는 타격음과 함께 옆 테이블이 쥐 죽은 듯 조용해졌다. 아저씨가 더 이상 화가 날 수도 없다는 듯 씩씩거리며 소리쳤다.

"이 새끼가 나한테 알림 오는 걸 알면서 또 도박을 해?!"

"헐, 아버지…!"

그걸로 끝이었다. 아저씨는 능수능란하게 도박분자들을 통솔해 카페를 떠나버렸다. 순식간에 사위가 조용해졌고 그제야 창피함이 몰려왔다. 실질적으로 한 건 없지만 나쁜 짓을 들킨 기분이었다. 나는 잠시나마 호승심으로 흐려졌던 마음을 다잡고 다시 원고 작업에 임했다. 의외로 속도는 나쁘지 않았지만, 바로 옆자리에서 몇 초 만에 수백만 원을 벌어가던 사람들의 잔상이 머릿속을 떠나지 않았다. 부럽기도 하고, 두렵기도 한 모습이었다.

겨우 할당량을 마치고 집으로 돌아가는 길에는 아침 해가 밝게 떠 있었다. 눈이 빠질 것 같고 꼴도 엉망이었지만, 내 할 일을 다 했음에 무척이나 개운했다. 각자의 출근 지로 바삐 걸어가는 사람들을 보며, 아까의 부러움도 두려움도 모두 부질없다는 생각이 들었다.

글이
안 써지세요?
저도요

예전에는 원고 작업을 죄다 새벽으로 미뤘다. 왜인지 모르겠지만 낮보단 밤에, 밤보단 새벽에 글이 잘 써져서였다. 아마도 고요함 때문이었을 것이다. 세상이 잠든 시간, 아무도 나를 방해하지 않는 시간에만 글이 흘러나왔다. 밤을 새워 글을 완성하고 아침에 전송한 후 초저녁까지 잠을 자는 게 일종의 루틴이었다. 하지만 이제는 되도록 밤샘 작업을 지양하고 있다. 나의 반려 고양이 맷돌이 때문이다.

맷돌이는 올해 5살이 된 회색 코리안 숏헤어로, 길고 양이 출신이다. 주먹만 할 때 입양되어서 그런지 나를 엄마라고 생각하며 따른다. 엄마로 여기는 것 치고는 자주 때리고 할퀴지만 그러면서도 내 곁을 졸졸 쫓아다니며 하루 종일 떨어지지 않는다.

우리는 좁은 집에서 함께 팬데믹 시기를 버텨낸 운명의 짝꿍이었다. 지금 생각하면 맷돌이의 존재가 내게 너무 큰 행운이었다. 전대미문의 강제 격리 시기를 혼자 견뎠다면 나는 진작 미쳐버렸을지도 모르니 말이다.

고양이는 야행성이라는데, 우리 맷돌이는 잠이 많아 아무 때나 퍼질러 자는 편이었다. 하지만 어느 순간 나는 깨닫고 말았다. 내가 철야를 할 때마다 맷돌이도 덩달아 밤을 새운다는 걸. 심지어 맷돌이는 불침번 비스무리한 걸 자처했다. 저리 가라고 밀어도, 됐으니까 너라도 가서 자라고 회유해도, 꿋꿋이 컴퓨터 책상에 올라와 키보드 옆에 궁둥이를 붙이고 버텼다. 오묘한 초록색 눈에서는 의도가 읽히지 않았다. 날 지켜주는 거라고 해석하고 싶었지만, 표정이 썩 우호적이지 않아 감시하는 것 같기도 했다.

사실 나는 글 쓸 때 누가 옆에 있거나 쳐다보는 걸 극도로 싫어하는 편이었다. 싫다기보단 불편해서 견딜 수가 없었다. 쓴다는 건 나에게 가장 사적인 행위이고, 누군가의 시선이 닿는 순간 그 사적인 순간이 침범당하는 느낌이 들어서였다. 카페 같은 공공장소에서도 마찬가지였다. 뒤에 사람들이 지나다니거나 화면이 노출되는 자리에서는 간단한 작업에도 집중이 잘 안되었다. 맷돌이의 예쁜 눈도 눈은 눈이었다. 그것이 누구의 것이든, 눈길이 꽂히는 순간부턴 모래시계가 뒤집히는 것 같은 느낌을 받았다. 초 단위 카운트다운이 시작된 것처럼 초조해지는 것이었다.

그래서 작업이 급할 때마다 맷돌이를 방 밖으로 쫓아낼 수밖에 없었다. 매정하지만 어쩔 수 없는 처사였다. 하지만 시간이 잔뜩 흐른 후에도 인형처럼 문밖에 앉아 있는 녀석을 볼 때면 마음이 약해졌다. 강아지라면 "기다려!"처럼 "기다리지 마!"를 가르칠 텐데, 고양이에겐 제 이름 석 자를 인식시키는 것도 쉽지 않았다.

누군가는 그까짓 거 좀 기다리는 게 뭐 어떠냐고 말할지 모른다. 하지만 고양이는 너무 아기 같고 너무 바보 같아서 괜스레 애처로울 때가 있었다. 집 곳곳에 저를 위한 숨숨집과 쿠션, 캣타워가 한가득인데도 굳이 닫힌 방문 앞에 버티고 선 모습이 항상 결심을 무너트렸다. 가끔은 야옹야옹하며 뭐라고 자기 의사를 피력하기도 했는데, 그럴 때면 더더욱 버텨낼 재간이 없었다.

그리하여 난 할 수 없이 맷돌이를 다시 들여놓았다. 꿋꿋이 키보드 옆자리를 고수하는 맷돌이의 시선에 내가 익숙해질 수밖에 없었다. 찬찬히 생각해보면 그리 못 견딜 일도 아닌 것 같았다. 사실 맷돌이는 한글도 모르는 데다 모니터 화면을 쳐다보고 있지도 않았기 때문이다. 그 애가 보고 있는 건 언제나 내 손이나 얼굴이었다. 우리가 서로를 마주 보고 있을 때는 무조건 맷돌이의 손해였다. 난 100% 귀여운 모습을 보게 되지만 맷돌이는 아니기 때문이다.

그러던 어느 날이었다. 일정이 너무 급해 어쩔 수 없이 밤샘을 하던 중이었다. 책상에는 물론 나의 운명공동체 맷돌이가 함께였다. 이제는 제법 익숙해져 서로 큰 불편함을 느끼지도 못했다. 그날 밤이 더 깊어지자 맷돌이는 책상에 엎어져 졸기 시작했다. 기계식 키보드 소리가

글이
안 써지세요?
저도요

시끄럽지도 않은지 작게 코를 고는 소리까지 들려왔다. 나는 마침 커피가 떨어졌다는 걸 알아채고 맷돌이가 깨지 않게 조심하며 주방으로 걸어 나갔다.

커피 1L를 새로 만드는 데 5분도 안 걸렸을 것이다. 하지만 내 자리에선 믿을 수 없는 재앙이 벌어지고 있었다. 분명 곤히 자고 있었던 맷돌이가, 언제나 기가 막히게 집필 영역을 침범하지 않던 영특한 공주가, 지금은 그 통통한 몸통과 살찐 뒷발을 턱 하니 키보드에 걸쳐놓은 것이었다. 녀석은 뭐가 불편한지 양껏 꿈질거렸고, 그럴 때마다 화면에선 알 수 없는 글자들이 재빠르게 쓰였다가 지워지길 반복했다. 백스페이스키와 문자 키 몇 개가 동시에 눌리고 있는 모양이었다. 나는 경악을 한 채 달려가 맷돌이를 덜렁 들어 올렸다.

"야 이 새키, 쌍놈의 새끼야~!"

평소 나는 맷돌이를 공주나 아기라고 불렀지만, 그 순간에는 애칭이 나와주질 않았다. 졸지에 천민 고양이가 된 맷돌이는 자기 잘못도 모른 채 놓아달라 버둥거릴 뿐이었다. 나는 애를 풀어주고 다급히 'Ctrl+Z'를 연타했다. 그것만이 나의 마지막 희망이었지만 안타깝게도 원고는 한 글자도 건질 수 없었다. '실행 취소' 따위로 되돌리기엔 이미 너무 많은 자판이 눌려버린 탓이었다. 황당해서 바보가 되어버린 건지, 내가 여태 무슨 얘길 어디까지 쓰고 있었는지 기억나지도 않았다.

글이란 참 묘한 것이었다. 방금 막 완성한 문장도 한 번 사라지고 나니 완전히 똑같이는 복원할 수 없었다. 전체적인 내용을 대강 기억하는 것만으로는 그 순간의 호흡과 리듬을 다시 돌릴 수 없어서였다.

결국 나는 넋이 빠진 채로 마감 기한 연기 요청 메일을 보낼 수밖에 없었다. 원고가 늦어지는 이유는 털어놓지 않았다. 고양이가 원고를 지워버렸다며 횡설수설하면 사람이 참 덜떨어져 보일 것 같아서였다.

맷돌이는 추후 가정 내 마련된 간이 재판장에서 '책상 위 영구 추방 명령'을 받았다. 이제 그 애는 내가 컴퓨터를 쓰지 않을 때만 책상 위를 누빌 수 있다. 내가 매일 반복하여 말해주고 있는데, 규칙을 지킬 생각 따윈 없어 보여 큰일이다.

지금도 가끔씩 아찔했던 그때를 돌이켜본다. 어쩌면

글이
안 써지세요?
저도요

맷돌이가 내 글에 개입한 건 우연이 아니었을지도 모른다. 그 애는 어쩌면 한글을 읽을 수 있는 게 아닐까! 그때도 자기가 보기에 글이 너무 구려 실수인 척 지워버린 건 아닌지 의심이 된다. 결과적으로도 다시 쓴 글이 훨씬 나았기 때문이다.

글을 쓰다 보면 이런 뜻밖의 일들이 자주 발생한다. 당시에는 어처구니가 없고 황당하기 짝이 없지만, 시간이 지나고 나면 그런 일들 또한 소중한 추억으로 남는 것 같다. 진실이 무엇이든 다시 키보드에 발을 대는 건 사절이라고, 오늘도 고양이가 귓등으로도 안 듣는 잔소리를 해본다.

4.

계 속
쓰 는
사 람
되 기 ?

어렵지
않습니다

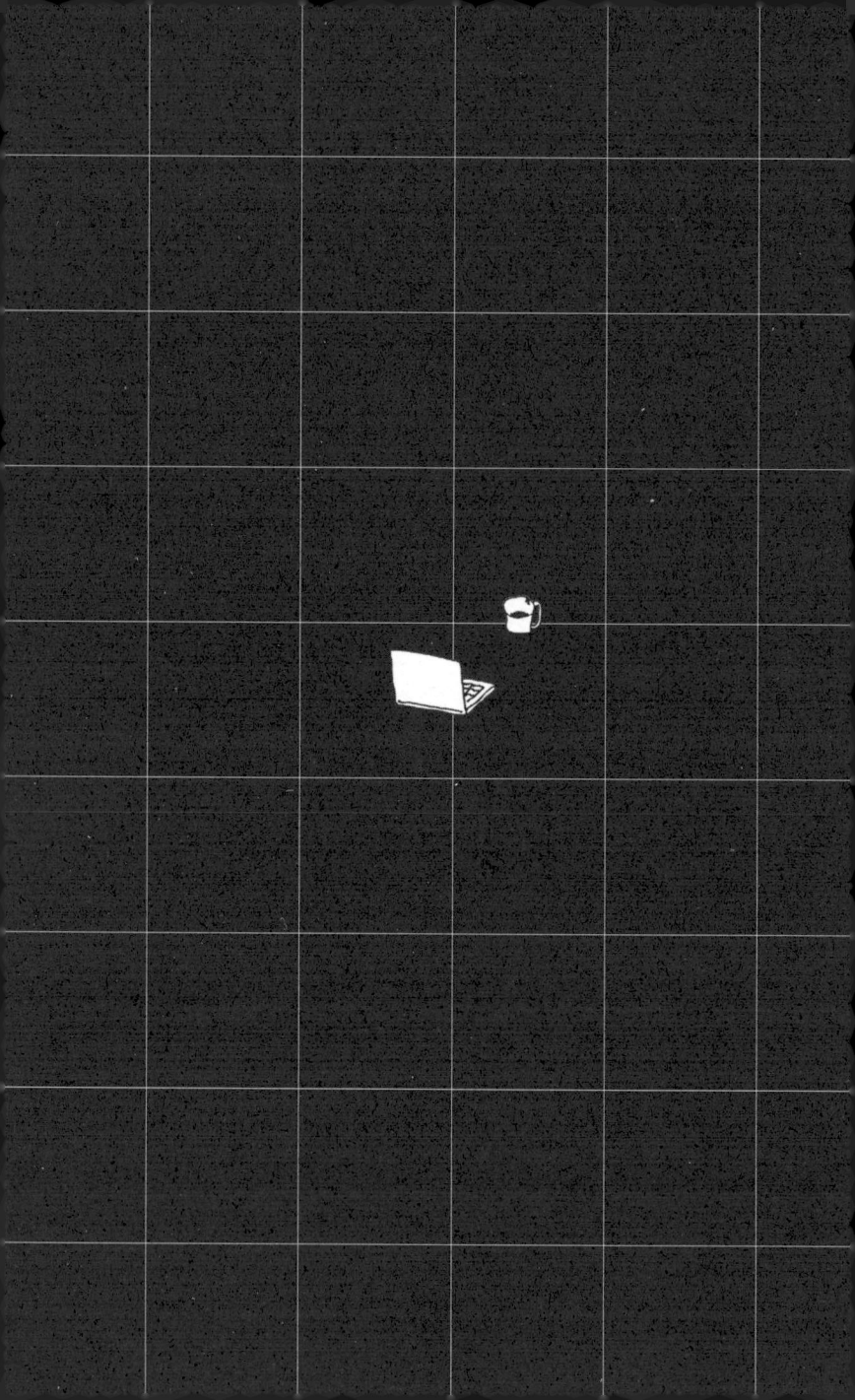

'○○○ 작가 5년 만의 신작!'

'한국 문단을 뒤흔든 소설가 □□□, 7년 만에 돌아오다'

예시로 든 문장들은 서점에서 흔히 찾아볼 수 있는 홍보 문구다. 내가 학생 땐 저런 글귀를 볼 때마다 단순한 의문을 가졌었다. '글쓰기를 업으로 삼은 사람들이 N년 동안 글 안 쓰고 뭐 했을까?' 하는 거였다. 직장인은 출근을 하고, 장사꾼은 장사를 하는 것처럼, 작가도 매일 성실하게 얼마만큼의 글을 써야만 옳은 것 같았다.

하지만 직접 써보니 글이란 그런 식으로 생산되는 게 아니었다. 나의 글쓰기에는 정량이라는 개념도 없었다. 몇천 자가 절로 써지는 날이 있는가 하면 키보드에 가뭄이 든 듯 손가락이 메말라버리는 날도 부지기수였다. 처음 전업작가가 되었을 땐 이런 작업 스타일이 너무나 불안정하게 느껴졌다. 나조차 작업이 언제 가능할지 모르기에 마감 기한이 항상 아슬아슬했다. 실제로 마감을 지키지 못해 장문의 사과 메일을 몇 번 써본 후로 나는 변화를 꾀했다. 무조건! 억지로라도! 하루에 3,000자씩 글을 쓰는 습관을 들이자는 다짐이었다. 쓰다 버릇하면 쓰기 자체에 속도가 붙고, 속도가 붙으면 작업량도 안정될 거라 생각했다.

매일매일 일정하게 글을 쓰자면 역시나 일기가 좋을 것 같았다. 나는 에세이 작가니까 더더욱 일상의 단면들을 기록해두는 게 큰 도움이 되리라 생각했다. 하지만 일기 프로젝트는 첫날부터 난항을 겪었다. 막상 쓰려고 보니 내가 일기글 자체를 별로 좋아하지 않았던 것이다. 이건 사실 초등학교 4학년 때 담임선생님 때문이었다. 그분

글이
안 써지세요?
저도요

은 '일기 집착 광공'이라 불려도 손색이 없을 만큼의 일기 덕후였는데, 문제는 자기 신념을 10살짜리 애들한테도 강요한다는 데 있었다.

선생님의 일기 작성 규칙은 무척이나 깐깐했다. 한 편의 일기를 쓰기 위해선 날짜와 날씨는 물론, 일기를 쓰는 장소와 소요 시간까지 기입되어야 했다. 내용 중에도 배경 설명과 등장인물, 중심 사건이 명확해야 하며 일정 분량 이상이어야 한다는 조건이 붙었다. 선생님은 그렇게 쓰인 일기들을 매일 걷어 가서 꼼꼼히 읽어보셨다. 안 쓰거나 대충 썼다가는 집요한 꾸중과 피드백이 달라붙었기 때문에, 나는 곧 일기 자체를 끔찍이 싫어하게 되었다.

5학년이 되어 드디어 일기 지옥에서 해방되나 싶었는데, 안타깝게도 이번엔 야생화 덕후 선생님을 만났다. 그분은 우리 초등학교의 밋밋한 화단을 죄 뒤엎고 직접 수십 종류의 야생화를 갖다 심을 만큼 원예에 열정적이었다. 그 열정을 혼자 소중히 간직했다면 얼마나 좋았을까? 하지만 선생님은 점점 더 불타올랐고, 우리 반 아이들은 모두 화단 가꾸기를 도우며 야생화 관찰 일기를 써야만 했다. 야생화 일기의 지독한 점은 반드시 컬러 그림이 들어가야 한다는 데 있었다. 그림에도 꽃에도 관심이 없는 나로서는 정말 죽을 맛이었다. 6학년 때도 똑같은 선생님을 만나는 바람에, 내가 강제 일기 쓰기에서 해방된 건 중학교에 가고 나서부터였다.

돌이켜보니 그 후론 자발적으로 일기를 써본 적이 없었다. 벌써 20년가량의 세월이 지났건만 일기만 쓰려하면 그때의 싫은 감정이 고스란히 살아났다. 결국 억지로라도 3,000자씩 글을 쓰겠다는 다짐 자체도 흐지부지되었다.

나는 계속 아무 때나 작업량이 들쑥날쑥한 글을 썼고, 마감에 자주 늦었으며, 반성하면서도 비슷한 행동을 반복했다. 일기 말고 다른 종류의 글을 매일 써보자는 다짐도 해봤지만 그 또한 오래가지 못했다. 결국 인정할 수밖에 없었다. 글도 안 나오는데 무작정 책상에 앉아 있는 행동이 내게는 전혀 도움이 되지 않았다. 오히려 스트레스 때문에 집필에 방해가 되는 것 같았다.

나는 글이 지독히 안 써질 때마다 차라리 책상 앞을 떠났다. 편의점에 다녀오거나, 샤워를 하거나, 집 앞을 잠

글이
안 써지세요?
저도요

시 거니는 식으로 주위를 환기했다. 생각의 방향도 조금 틀었다. 원래는 '오늘 안에 못 끝내면 다 죽는 거야…'라는 식의 생각을 자주 했는데, 그걸 '어쩔 수 없는 건 어쩔 수 없다…'라는 생각으로 바꿨다.

그러면서 신기한 점 하나를 깨달았다. 일단 글쓰기를 떠나야 돌아오고 싶다는 마음도 생긴다는 거였다. 책상 앞에만 콕 박혀 있으면, 바로 그 이유로 벗어나고 싶다는 생각만 든다. 그러니까 돌아오고 싶다고 생각하기 위해서라도 일단은 자판 앞을 떠나야 하는 것이다.

생각해보면 직접 글을 쓸 때만 글쓰기가 행해지는 것도 아니었다. 어차피 장르를 불문하고, 모든 글의 재료는 결국 작가의 인생이었다. 쓰는 이의 삶의 궤적이 쌓여야 나중에 글로 쓸 재료도 생기기 때문이었다. 그러니까 잠시 쓰기를 떠나 있는 동안에도 궁극적으론 떠난 게 아닌 셈이었다.

그제야 '5년 만의 신작'이라는 식의 문구들도 달리 보였다. 어떤 사람이 5년 만에 신작을 냈다면, 그 글의 집필 기간이 얼마든 5년 동안 쓰였다고 봐야 하지 않을까. 4년은 쉬고 1년 동안 썼더라도 그 모든 시간의 총합이 그 신작의 과정일 테니 말이다.

　글쓰기 – 좌절 – 포기 – 회귀. 어쩌면 이것은 글 쓰는 사람의 숙명이 아닌가 싶다. 글 쓰는 사람이라면 누구나 이 굴레 속을 뱅뱅 도는 듯하다. 이 순환에는 큰 의미가 있다. 매번 돌아올 때마다 내가 조금씩 달라지기 때문이다. 이전의 실패는 경험이 되고, 포기했던 시간은 휴식이 되는 것이다. 그리고 언젠가는 깨닫게 된다. 글쓰기의 묘미는 완성작이 아니라 그것을 쓰는 과정 자체라는 것을 말이다.

글이
안 써지세요?
저도요

　　작가로서 좀 머쓱한 얘기지만, 나는 도서관이나 서
점 같은 곳을 되도록 기피하는 편이었다. 대형마트
나 백화점에서 윈도쇼핑하는 것도 좋아하지 않았다. 복시
가 심해서 시야가 늘 두 개로 보이기 때문이었다. 가까운
곳을 볼 때엔 그나마 좀 나았는데, 멀찍이서 넓은 풍경을
응시할 때면 사선으로 엇갈린 두 개의 장면 중 어떤 화면
이 진짜인지 헷갈렸다. (그래서 계단 같은 데서도 자주 발을
헛디디거나 넘어졌다.)

도서관이나 서점처럼 조그만 글자들이 무수히 나열된 환경이 눈에 너무 불편한 이유도 그 때문이었다. 정상 시야에는 수천수만 권의 책이 가지런히 꽂혀있는 모습이겠지만 나에게는 책등이나 표지의 글자들이 전부 두 배의 정보값으로 보였으며, 심지어 겹쳐 보이기까지 했다. 때론 멀미 같은 감각이 느껴질 때도 있었다.

　　그래서 눈을 제대로 써야 할 때마다 한쪽 눈을 감고 다녔다. 복시란 양쪽 눈동자가 서로 다른 곳을 보면서 생기는 증상이기에, 한쪽 시야를 차단해버리는 식으로 대응했던 것이다. 나도 모르게 그런 습관을 키운 후 십수 년이 지나니 급기야는 얼굴 전체에 비대칭이 왔다. 생김새가 변하는 것도 문제였지만, 더 큰 문제는 오랜 시간 집중하여 글을 읽기가 힘들다는 거였다.

　　물론 복시도 고치는 방법이 있다. 30분도 안 걸리는 수술 치료가 이미 개발되어 있기 때문이다. 하지만 나는 그동안 내 집중력이 처참하리만치 짧은 이유가 전부 ADHD 때문일 거라고만 믿어왔다. 눈도 항상 불편하긴 했지만… 말 그대로 '항상' 불편했기에 오히려 문제를 인식하지 못했던 것이다. 나한테는 내 눈에 보이는 광경

글이
안 써지세요?
저도요

이 전부여서 정상인의 시야와 내 시야에 큰 차이가 있다는 것조차 알아차리지 못했던 것 같다.

ADHD 때문이든 복시 때문이든 글을 오래 읽지 못한다는 건 치명적인 문제였다. 작가로 살아가기 위해선 싫어도 수많은 책을 읽어야만 했다. 그러나 아무리 용을 써도 길게 집중하는 독서는 잘되지 않았고, 어떤 재미있는 책을 만나도 결국은 눈을 거세게 깜빡거리며 이탈하게 되었다. 나는 이 부분에서 알게 모르게 큰 스트레스를 받았다. 책을 한 번 펼쳤으면 끝까지 읽는 게 양심이자 도리인 듯한데 절반까지 읽기도 힘에 부치기 때문이었다.

그러다 문득 '끝까지 읽어야 한다'는 것조차 일종의 고정관념 아닌가 하는 의문이 들었다. 나는 작가이기도 했지만, 그전에 현대인이었다. 30초짜리 숏츠나 릴스도 끝까지 못 보는 인간이 된 지 오래인데 그보다 훨씬 긴 분량의 콘텐츠를 '무조건' 끝까지 소비하겠다는 다짐 자체가 어불성설 같았다. 꼭 순서대로 읽다가 마지막 장까지 닿고야 말겠다는 고집이 사라지자, 책 꺼내 드는 일도 예전처럼 부담스럽지 않았다.

마침내 복시 수술을 받게 된 것도 신의 한 수였다. 의

사 선생님은 복시 수술의 부작용 또한 복시이고, 사람에 따라 예후가 천차만별인지라 언제 괜찮아질지는 아무도 모른다고 했지만 나는 운이 좋았던 모양이다. 수술대에서 내려오자마자 거짓말처럼 복시가 싹 사라졌기 때문이었다. 막상 그때는 귓가에 '난 참 바보처럼 살았군요, 바보처럼 바보처럼 바보처럼…'이라는 노래가 들려오는 것 같았다. 이 수술을 왜 진작 안 하고 30대 중반이 될 때까지 버텼는지 스스로 이해가 안 되어서였다.

복시 증상이 사라진 후 내 인생은 참 많이 달라졌다. 더 이상 외출이 성가시지 않았고, 복잡한 장소도 두렵지 않았다. 그건 오랫동안 기피해왔던 서점이나 도서관을 방문하는 일도 마찬가지였다. 회복이 끝나고 처음으로 교보문고 나들이를 갔을 때의 개운함은 말로 다할 수 없을 정도였다. 예전에는 서고를 몇 분 둘러보기만 해도 머리가 아프고 어지러웠는데, 이젠 서점에 장시간 머물러도 아무렇지 않은 것이다. 너무나 놀라워서 눈을 고친 게 아니라 아예 새 걸로 갈아낀 듯한 느낌이었다.

기쁜 마음으로 두 권의 책을 산 후 집으로 돌아와 첫

장을 펼쳤다. 긴장되는 순간이었다. 눈을 싹 고쳤으니(?) 이제는 마법처럼 열정적이고 깊은 독서가 행해져도 이상하지 않은 시점이었다. 그러나 기대는 곧바로 깨어졌다. 책은 너무나 재미있었지만, 그와 별개로 나의 집중력은 여전히 바닥이었다. 인정할 수밖에 없었다. 큰돈 들여 하드웨어를 고쳤지만 소프트웨어가 따라주지 않는 이상 어쩔 수 없는 일인 모양이었다.

나는 나에게 너무 많은 것을 바라지 않기로 했다. 부작용 없이 복시를 치료한 것만 해도 큰 성과이니 오바하지 않기로…. 대신 이제는 서점과 도서관을 마음껏 다닐 수 있다는 데 만족하려 한다. 인생은 기니까 열독 시간 같은 건 차차 늘리면 되지 않을까?

나에게는 아주 나쁜 습관이 하나 있다. 글이 안 써질 때마다 몇십 분이고 머릿속을 긁적이는 것이다. 어느 날은 자주 긁적이던 부분에 상처가 났는데, 그래도 긁적임을 멈추지 않았더니 결국 그 부분에 거의 2cm쯤 되는 땜통이 생겨버렸다. 머리카락이 자라다가도 내 무참한 손길에 뜯기고 또 뜯겨나간 탓이다.

무심코 맨들맨들한 두피를 만질 때마다 습관의 무서움을 깨닫는다. 확실히 반복 행동은 힘이 세다. 난 타고나

길 머리숱이 많아 미용실에 갈 때마다 헤어 디자이너의 감탄(경악일 때도 있다)을 듣는 사람인데, 손가락 간수를 잘못한 죄로 자그만 탈모 구역을 소유하게 되었다.

이 습관을 고치기 위해 별별 방법을 다 써봤지만 효과는 없었다. 그나마 유일한 해결책은 글을 쓰는 것이었다. 두 손이 전부 키보드 위에 있을 땐 물리적으로 머리 긁을 손이 없어지기 때문이다.

솔직히 땜통이 햄스터 콧구멍만 했을 때만 해도 별생각이 없었다. 뒤통수라 잘 보이지도 않고, 전체 모발량에 큰 영향을 주는 것도 아니니까. 그러나 슬럼프를 한 번 세게 겪은 후부터는 무섭게 세를 확장해버린 땜통이 실질적인 공포로 다가오기 시작했다. 슬럼프에 한 번만 더 빠졌다간 돌이킬 수 없는 강을 건널 것 같았다. 그래서 요즘은 나름대로 멘털 관리라는 걸 하고 있다. 작가로서의 작업 효율도 중요하지만 머리카락 또한 그만큼 소중하니까…. 아니, 어쩌면 머리카락이 조금 더 소중한 것 같기도 하다….

어쨌든 내가 제일 중요하게 생각하는 지점은 감히

슬럼프를 없애거나 막으려 들지 않는 것이다. '절대 슬럼프에 빠지면 안 된다'라는 강박은 오히려 슬럼프를 소환하는 주문에 가깝다. 그런 불안에 사로잡힌다는 것 자체가 이미 슬럼프가 목전에 와 있다는 증거처럼 느껴진다. 그러니까 차라리 슬럼프는 반드시 온다고 미리 각오하는 편이 낫다. 그래야 '어라? 나 슬럼프인 것 같은데?' 싶을 때가 와도 비교적 초연할 수 있다.

슬럼프의 핵심에는 패닉을 동반하는 가학적 자기의심이 있다. 나의 경우, 슬럼프가 왔을 때 나 자신에게 고통을 주기 위해 끊임없이 '의미'라는 말을 사용했다. 글도 잘 못 쓰고 속도도 느린데, 이런 글을 계속 쓰는 데 무슨 '의미'가 있을까? 꾸역꾸역 쓴 글을 모아 출간하는 데엔 또 무슨 '의미'가 있나? 이런 생각들이 계속 나를 괴롭혔다. 이 무렵엔 간간이 들려오는 격려와 칭찬조차 의심스러웠다. 좋은 말들은 내가 지금 온몸으로 느끼는 불쾌감과 전혀 다른 언어라 도무지 믿을 수가 없었다.

하지만 돌이켜보면 난 그저 고통을 취사선택했던 것 같다. 쓰는 것도 고통이고, 안 쓰는 것도 고통이다. 내 야비한 무의식이 두 가지 고통의 무게를 저울질하다가 조금

글이
안 써지세요?
저도요

이라도 더 가벼워보이는 후자를 골라버렸다는 생각이 든다. 실제로 스스로에게 집요하게 시비를 거는 동안에는 어떤 글도 쓸 수 없었다. 당연하다. 내가 아무것도 쓰지 않는 상태를 가장 원했기 때문이다. 그렇다고 당당히 놀기엔 양심에 찔리니, 나 자신에게 폭격 같은 비난을 쏟아붓는 것으로 대가를 갚음했던 것이다.

다른 사람들은 (특히 전설적인 예술가들은) 슬럼프를 한 번 겪을 때마다 내면의 장벽을 한 꺼풀 깨부수며 성장하는 식으로 끝나는 것 같던데, 나는 딱히 그렇지도 않았다. 무수한 불안과 불면의 밤을 보냈고, 정말이지 수많은 생각들을 했으나 그 생각들이 빛나는 성장을 보장하지는 않았다. 너무 허덕이다 보니 처음에는 재능을 의심하다가, 나중에는 지능까지 의심하게 되었다.

그러다 나는 곧 생각이 많기'만' 한 것은 아무 생각 없느니만 못하다는 걸 깨달았다. 그래서 쓰레기집처럼 쌓아두기만 한 생각들을 다 갖다버렸다. 그랬더니 어느새 슬럼프는 사라지고, '꼴값 떨지 말고 해야 할 일을 하자'는 결론만이 남았다. 지금도 별다른 생각 없이 마감이 코앞에 닥친 원고부터 해결하고 있다. 해야 하니까 할 뿐 그 이상의 거창함은 방해가 된다는 게 나의 생각이다.

물론 슬럼프에 대한 두려움이 완전히 사라진 건 아니다. 어떤 이유로 찾아오든 고통은 고통이고, 다시는 그런 날들을 보내기 싫다는 마음도 분명하다. 하지만 누군가 내게 슬럼프 극복법에 대해 묻는다면 이렇게 대답하고 싶다. 딱히 극복한 적도 없고, 깨달은 것도 없다고. 괴로워할 만큼 괴로워했더니 그것이 날 긍휼히 여겨 그냥 지나가더라고. 대신 한 가지 조언은 할 수 있다. 혹여나 그런 순간이 오거든 머리는 긁지 말라고 말이다.

한 해의 끝자락에서 친구들과 송년회를 가졌다. 울적한 12월 하순. 분위기는 조금 무거웠다. 다가오는 새해를 마냥 긍정하기엔 우리가 너무 나이 든 탓 같았다. 나는 서른넷밖에 안되었는데, 마흔셋은 된 듯한 기분이 들었다. 43살조차 실은 너무 젊다는 걸 머리로는 이해하면서도 그랬다. 어쨌든 우리들은 각자 삶의 무상함을 습관처럼 토로하기 시작했다.

"30대 들어서 한 게 아무것도 없어."

마침내 내가 이런 하소연을 하자 친구 A가 서둘러 반박해주었다.

"아무것도 없긴, 넌 그동안 책을 몇 권이나 냈잖아."

그 말이 사실이긴 했다. 자주 잊고 살지만, 어느새 난 단독 저서를 6권이나 출간한 작가가 되어 있었다. 숫자로만 보면 뿌듯한 일일진대, 일상에서 항상 그런 마음을 갖고 살지는 못했다.

친구들이 돌아간 후 그 이유에 대해 곰곰이 생각해보았다. 감사하게도, 그리고 운이 좋게도 일이 끊긴 적은 없는데 어째서 이렇게 헛헛한 마음이 드는 것인가! 설마 나도 모르는 사이 조금쯤은 매너리즘에 빠진 게 아닐까?

하지만 아무리 검열해봐도 그런 느낌은 아니었다. 나는 멘털 관리의 일환으로, 자기 자신에 대한 몰입을 늘 경계해왔기 때문이다. 나 자신에 대해 너무 깊이 생각하다 보면 미친다는 것이 평소 나의 지론이었다. 그래서 난 자아탐구의 시간이 길어진다 싶으면 최선을 다해 그 지난한 고리를 잘라내곤 했다. 항시 노력한 결과, 현재의 나에겐 거만해질 만큼의 자아상이랄 것도 따로 없었다.

그럼에도 언젠가부터 내 이야기를 쓰는 행위에 망설

글이
안 써지세요?
저도요

임이 깃들기 시작했다. 첫 책을 쓸 때나 7번째 책을 쓰고 있는 지금이나 지면이 주어진다는 데 감사함을 느끼면서 도 그랬다. 마음가짐은 달라지지 않았는데, 약 4년의 집필 기간에 분명히 무언가는 달라져 있었다.

이건 단순히 '쓰기 싫다'기보다는 '할 말이 없다'는 감각에 가까웠다. 나는 아마도 너무 단기간에, 너무 많은 얘기를 쏟아낸 탓에 비어버린 것 같았다. 한마디로 '나'라 는 소재의 고갈에 맞닥뜨린 것이었다. 그것이 작업을 지 속할수록, 내 이름으로 쓰인 책이 늘어갈수록 은은하게 쌓여가던 불안감의 정체였다.

물론 내게 글로 쓸 만한 이야기가 아예 안 남은 것은 아니었다. 내 머릿속에는 나름 여러 갈래의 소재 폴더가 있기 때문이다. 그러나 여태껏 쓰지 않고 묻어둔 사연에 는 치명적인 쟁점이 있었다. 그것들이 내 삶의 일면인 동 시에 타인의 심연이기도 하다는 거였다. 심지어 더는 지 인 관계가 아닌 사람들과의 에피소드가 월등히 많았다.

여태까진 차마 털어놓지 못했던 여러 가지 배신, 용 서, 화해, 갈등의 과정들. 내 10대와 20대를 통째로 흔들 었으나 이제는 완전히 과거가 되어버린 사건들. 작업이 막힐 때마다 솔직히 유혹에 휩싸였다. 나를 엉망으로 만들었던 그 시절에서 글감이라는 보상이나마 취하고 싶은 심정이었다. 나를 심하게 훼손하고 떠난 이들을 생각할 땐 양심의 가책조차 들지 않았다. 오히려 이제라도 그들의 만행을 박제해 단죄하고 싶다는 욕망이 올라올 때도 있었다. 어차피 그 사람들은 내 글을 읽지도 않으리란 확신이 그 마음에 더더욱 불을 지폈다.

하지만 매번 키보드 앞에 앉으면 손가락이 얼어붙었다. 들키느냐, 마느냐. 그리하여 잡음이 나느냐, 마느냐의 문제가 아니었다. 진짜 문제는 그런 이야기를 쓰는 순간 내 글이 처형의 수단으로 바뀐다는 것이었다. 나는 그 지점이 두려웠다. 글쓰기가 복수의 도구가 되는 순간, 나는 더 이상 작가가 아니라 본인의 삶에 갇힌 재판관이 되어버릴 것 같았다.

결국 나는 타인을 향한 칼날을 거두고 다시 나 자신을 들여다보기로 했다. 하지만 이미 여러 번 해부당한 내면에는 더 이상 새로울 것도, 쓸 만한 것도 남아있지 않은 것처럼 느껴졌다. 그렇게 나는 고갈과 자제 사이에서 표류하고 있었다.

그러나 며칠 후 문득 깨달았다. 내가 비었다고 느낀 건 정말로 할 말이 없어서가 아니라, 같은 방식으로는 더 이상 말할 수 없게 된 것뿐이라는 걸. 30대 초반의 나는 주로 20대 시절의 상처를 쓰면서 치유받았다. 하지만 30대 중반의 나는 더 이상 상처를 전시하는 방식으로는 구원받을 수 없는 사람이 되어 있었다.

어쩌면 이 공허함은 다음 단계로 넘어가기 위한 과도기였는지도 모른다. '나'라는 소재가 고갈된 게 아니라, 나를 바라보는 시선이 변해야 할 때가 온 것인지도. 더 이상 나를 해부하지 않고도, 타인을 심판하지 않고도 쓸 수 있는 이야기가 필요했다.

그런 게 정말 존재할까?

새해가 다가오는 지금, 나는 여전히 그 답을 모른다. 다만 한 가지는 확실해졌다. 7번째 책을 쓰고 있는 지금의 망설임은 나태가 아니라 성장통이라는 것. 그리고 이 성장통이 지나간 자리에 어떤 글이 남을지, 나 역시 궁금해하며 기다리고 있다는 것. 아마도 이것이 작가로 산다는 것의 본질인지도 모른다. 끝없이 자신을 의심하면서도, 그 의심 끝에서 다시 한번 키보드 앞에 앉는 일. 비어 있다고 느끼면서도 채워나가려 애쓰는 일.

나이를 먹는다는 건 단순히 시간이 지나가는 게 아니라, 익숙했던 방식들이 더 이상 통하지 않게 되는 과정이었다. 그리고 새로운 방식을 찾기 전까지, 우리는 이렇게 중간 어딘가에서 헤매게 되는 것이었다.

2026년이 오면, 나는 또 다른 나를 만나게 될 것이다. 그 사람이 어떤 이야기를 쓰고 있을지는 아직 모르겠다. 다만 그때도 여전히 쓰고 있기를, 그리고 그 글이 칼이 아닌 다리가 되기를 바랄 뿐이다.

글이
안 써지세요?
저도요

밥을 먹을 때마다 인간은 참 간사한 존재라는 생각을 한다. 식사가 끝난 후 너저분해진 밥상을 볼 때마다 그렇다. 방금까진 전부 음식이었는데, 배부르단 이유로 순식간에 쓰레기가 되어버렸다. 음식물이 손에 묻는 것도 싫고, 잔반을 치우는 일은 늘 귀찮다. '아, 왜 먹었을까! 그냥 굶을걸. 아니면 나가서 먹을걸….'

하지만 이게 허세라는 건 스스로가 제일 잘 안다. 나는 식당에 가는 것조차 너무 귀찮아서, 대부분 배달 음식으로 끼니를 해결하는 인간이기 때문이다. 그릇에 잔반을 모으며 또다시 탄식한다. 조금 전까지는 천국의 맛을 선사하던 음식이 뒤섞였다는 이유만으로 혐오스러워지는 게 조금 이상하다. 그렇다고 그대로 놔둘 수는 없다. 시간이 지나면 이것은 섞인 음식물조차 아닌, 진짜로 상한 무언가가 되기 때문이다.

나는 복잡다단한 인간사의 면면을 먹는 일에 비유하기를 즐긴다. 주제가 복잡할수록 단순하고 일상적인 행위에 빗대어야 이해가 잘되는 것 같아서다. 이 방법은 글을 쓸 때도 유용하다. 내가 사랑이 무엇이고 증오가 무엇인지 진지하게 설명하면 뜬금없을 것이다. 하지만 수저를 대기 전의 정갈한 밥상이 사랑이고, 게걸스럽게 먹어 치우고 난 후의 식탁이 증오 같지 않느냐고 물으면 대부분 경청하기 시작한다.

실제로 나는 식사 중 멍하니 사랑이나 증오 같은 관념을 자주 떠올린다. 사랑은 맛있고 깨끗하고 따뜻한데, 증오는 지독하고 더럽고 차갑다는 피상적인 얘길 하려는 건 아니다. 생각이 오래 머무르는 부분은 사랑이 분해되

글이
안 써지세요?
저도요

는 과정에서 필연적으로 증오가 생성된다는 점이다. 섭취에 따르는 찌꺼기나 배설물처럼 오로지 사랑하는 감정에도 불유쾌한 대가가 있다. 반대로 증오가 해체되며 사랑이 가능해지는 경우도 많다는 점이 항상 흥미롭다.

어릴 때는 사랑과 증오를 무작정 대척점에 놓았었다. 좋아하면 사랑, 싫어하면 증오. 그렇기에 사랑하는 사람을 증오할 순 없고, 증오하는 사람을 사랑하는 것도 불가능하리라 확신했다. 그러나 사랑과 증오는 생각보다 가까이 맞닿아 있었다. 두 가지 개념은 대립이 아니라 인과관계 같기도 했다. 내가 그간 지나쳐 온 수많은 인연들이 그 증거였다.

애초에 깊이 사랑하지 않았다면 증오하느라 그렇게까지 슬프지도 못했을 것이다. 드물지만, 처음엔 미움으로 시작된 인연이 사랑으로 탈바꿈하는 일도 있었다. 나는 그것이 감정의 변신이라 생각했다. 하지만 이제는 감정이 세월이라는 길을 따라 흐른 결과이리라 짐작한다.

사랑이든 증오든, 일정 농도를 넘어서면 그 안에서 방향을 잃고 괴로워한다는 것도 비슷했다. 나는 누군가를 너무 사랑하며 비통함을 느끼기도 했고, 때론 타인을 사무치게 미워하는 마음으로 삶을 꾸려 나가기도 했다. 사랑도 증오도 결국은 힘이었다. 그런 순간들의 아이러니가 모여 지금의 내 인생이 되었는데, 나라는 사람을 두고 사랑이 많다거나 증오가 넘친다는 식으로 단언할 수 없는 지금이 한결 편안하다.

내가 글 속의 대상을 사랑하느냐, 증오하느냐는 그리 중요하지 않은 것 같다. 대신 사랑과 증오가 어떤 비율과 양상으로 뒤섞여 있는지를 관찰하고, 그 미묘한 복잡함에 대해 쓰기로 한다. 어떠한 감정도 커터 칼로 자르듯 명료할 수는 없다는 것이 내 성인기의 가장 큰 깨달음이었다.

누구나 생애 과정에 따르는 사랑과 증오를 통제할 순 없을 것이다. 그러면서도 통제하려는 노력을 멈추지 않으리라 확신한다. 사랑이거나 증오거나, 때론 알 수 없는 비율로 뒤섞여 애증이 되어버리는 감정들은 글쓰기에도 많은 영감을 준다. 글쓰기는 거대한 관념을 쪼개어 조각조각 내 것으로 만드는 활동이기 때문이다. 쓰다 보면 영영 알 수 없을 것만 같던 사랑이나 증오의 맥락도 조금씩 잡히는 것 같은 느낌이 든다. 진짜 잡히는지보다 잡을

글이
안 써지세요?
저도요

수 있을 것 같다는 자신감이 우릴 차츰 작가로 만든다고 생각한다. 어쩌면 작가란, 아는 바를 기술하는 사람이 아니라 본인이 '안다고 착각하는' 바를 쓰는 사람일지도 모르겠다.

글쓰기의 세계에서는 언제나 더 많이 착각하는 사람이 이긴다. 자신의 착각을 믿고, 그 착각을 꾸준히 동력으로 삼을 수 있는 능력을 우리는 '상상력'이라 부른다.

오늘도 저녁상을 차리기도 전에 음식물 쓰레기를 걱정한다. 나이가 들수록 먹는 즐거움보다 치우는 번거로움이 앞서는 걸 막을 길이 없다. 그래도 한 명의 인간으로서, 그리고 작가로서 사랑에 따르는 증오가 두려워 애정 자체를 굶진 않겠다고 다짐해본다. 더 많은 이야기를 더 깊이 쓸 수 있는 사람이 되기 위해서라도 이 세상과 사람들을 더 많이 사랑하고 미워하겠노라고 되새긴다.

나는 아직 세상에 나오진 않았지만 조만간 태어날 책 한 권을 기다리고 있다. 그건 바로 여한솔 시인의 첫 시집이다. 여한솔은 1994년 대전에서 태어나 2021년 〈매일신문〉 신춘문예 시 부문에 당선된 자로, 내가 아는 사람 중 가장 특이한 인물이기도 하다. 모두가 여한솔에게 감탄하지만, 여한솔이 되려는 생각은 하지 않는다. 원한들 비슷해질 수도 없을 것이다. 지독한 오리지널리티란 그런 거니까…. (이 글을 쓰고 시간이 조금 지난 현재는 시집

이 출간되었습니다! 민음사, 《나의 인터넷 친구》, 여한솔, 2025)

어쨌든 내가 그 애를 처음 본 건 2013년 천안의 한 대학교 문예창작과 신입생 OT에서였다. 어리둥절한 채로 경직된 40여 명의 신입생 중 오직 여한솔의 존재감만이 뚜렷했다. 왜냐하면 그 애만 '곤잘레스' 분장을 했기 때문이었다. 나는 '곤잘레스'가 정확히 누굴 지칭하는지 몰랐지만, 네이버에 검색해보면 모든 곤잘레스들이 농협 로고 모양('ㅎ')의 짙은 수염을 달고 있었다. 당시의 여한솔도 그 점을 정확히 캐치하고 있었다.

나는 하관을 뒤덮은 털보 수염 분장이 갓 스물 여학생에게 너무 잘 어울린다는 사실에서 1차로 충격을 받았고, 그런 모습으로 장기자랑에 나가 무엇에 씐 듯한 막춤을 소화하는 모습에 2차로 충격을 받았다. 그때의 여한솔은 정말로 걸쭉한 라틴계 아저씨 같았다. 저런 아이가 국문을 다루는 문예창작과에 있다는 게 다소 낯설게 느껴질 정도였다.

나는 여한솔이 대단하다고 생각하면서도 엮이고 싶지는 않았다. 여한솔 눈에 띄고 싶지도 않았다. 하지만 인생이란 언제나 내 선입견과 의지를 배반하는 것이었다.

나는 운명의 장난처럼 여한솔에게 간택되고 말았다. (운명이 내게 왜 그런 짓을 저질렀는지는 아직도 모르겠다.)

당시 우리 대학교에선 시 전공에게도 소설을 가르치고, 소설 전공에게도 시를 가르쳤다. 나 역시 소설 전공으로 입학했으나 시 수업이라는 재난을 피할 수는 없었다. 교수님은 계속 내게 "시어가 너무 천박하다"라는 피드백을 주었다. 나는 곧 시라는 불가사의 자체에 심드렁해졌다. 나의 시어들이 천박한 것은 인성의 문제였다. 실력 문제가 아니었기 때문에 조언으로는 고쳐지지 않았다. 사실 내가 썼던 건 시가 아니라 손바닥만 한 아무 말에 불과했고, 학교를 졸업한 지 십수 년이 흐른 지금도 여전히 시를 모른다. 같은 수업을 듣던 여한솔도 몰랐을 것이다. 시가 무엇인지 대체 누가 알겠는가?

그러나 그러거나 말거나, 그 애는 언제나 한 우물 속으로 뛰어들었다. "뭐해?"라고 물었을 때, 세 번 중 두 번은 "시 써"라고 대답하는 것이 바로 여한솔이었다. 때론 모욕에 가까운 합평을 견디고, 공모전에 낙방하고, 슬럼프에 빠지고, 다시 살아나고, 취업을 하고, 먼저 등단한 친

글이
안 써지세요?
저도요

구들의 뒷모습을 아련히 바라보면서도 어쨌든 그 애는 계속 시를 썼다. 나는 여한솔의 곁에 머물면서, 그 애가 만들어내는 '계속'이라는 상태를 남몰래 존경했다. 안 되는 일은 최대한 빨리 관둔다는 게 내 인생의 모토였다. 내게는 '안 되기 때문에' 팽개친 일들이 벌써 수백 개였다. 나는 내가 살아볼 수 없는 여한솔의 삶이 신기했고, 그래서 가끔 그 애가 공모전 응모를 마치면 하룻밤 PC방비를 쥐여주곤 했다.

그러던 어느 날, 마침내 여한솔이 등단 소식을 전해왔다. 나는 놀라지 않았다. 당연하다고 생각했다. 그렇게 오랫동안 꾸준히 말을 걸었으면, 시도 이제는 응답할 때가 된 것이었다. 얼마 전, 부모님보다도 나에게 먼저 전한다며 첫 시집 계약 소식을 알려왔을 때도 마찬가지였다. 책을 낸 친구들은 이미 꽤 많았지만, 여한솔이 전하는 출간 소식은 내게도 이루 말할 수 없이 특별했다. 누군가의 꿈을 오래 응원하다 보면, 그것이 어느덧 나에게까지 닿아버리는 모양이었다.

요즘 나는 다시 시집을 한두 권씩 모으고 있다. 내 안에는 여전히 대학생 시절의 천박한 시어밖에 없으므로…
그것들을 몰아내기 위해 다른 아름다운 시어들을 수집하
는 것이다. 내가 읽어 내리는 속도가 여한솔이 쓰는 속도
보다 빠를 수는 없을 것이므로 마음이 조금 급해진다.

글이
안 써지세요?
저도요

새벽 5시 반쯤이었을까. 아직 동도 트지 않은 시간에 전화가 울렸다. 아빠였다. 엄마가 갑자기 피를 토해 응급실에 왔는데, 아무래도 입원하게 될 것 같다는 얘기였다. 지금 당장 와달라는 부탁에 정신없이 짐을 챙겼다. 병원으로 향하는 내내 마음이 심란해서 쪼개질 것만 같았다. 택시 기사님이 아무 말도 걸지 않아 다행이었다.

병원에 도착하자마자 입구에 선 채 발을 동동거리는 아빠를 만날 수 있었다. 아빠는 나를 보자마자 당부했다.

퇴근하고 다시 올 테니 그동안 엄마를 잘 부탁한다는 말이었다. 아빠도 엄마도 너무 오랜만인데 하필 이런 일로 보다니, 괜스레 눈물이 날 것 같았다.

아빠를 보내고 2인 병실에 들어서자 기운 없이 누워 있는 엄마가 보였다. 나는 병원 침대에 가녀린 몸을 누인 엄마를 보며 여느 못난 자식들이 꼭 하는 후회들을 속성으로 다 했다.

'엄마가 언제 저렇게 말랐을까…? 나는 이렇게나 살이 피둥피둥 쪘는데… 가까이 살면서도 왜 종종 찾아가지 않았을까… 매일 처 누워 폰이나 보면서….'

다행히도 피는 장기가 아니라 목에서 나온 거라 했지만, 한 번 놀란 마음은 쉽사리 진정되지 않았다. 환자인 엄마가 오히려 나를 챙기고 다독여줄 땐 울음이 터질 것 같았다.

한바탕 상봉의 감격을 나누고 나서야 옆자리 사람들이 눈에 들어왔다. 다리에 깁스를 한 할머니와 그를 돌보는 아저씨 보호자였다. 침상끼리 가깝다 보니 금세 대화가 섞였다. 할머니께서 "딸내미가 엄마한테 참 다정하게 잘하네"라고 칭찬하자, 우리 엄마도 "아드님이나 어머님이나 너무 젊어 보여요"라며 말을 받았다. 이른 아침의 병원은 조용하다 못해 고요해서 오히려 약간 을씨년스러웠다. 그래서인지 우리들은 대화를 멈추지 않았다.

할머니는 70대란 나이에 비해 대단히 정정하고 열정적인 분이셨다. 평일이든 주말이든 매일 산을 타 별명도 '가평 날다람쥐'라고 했다. 300m만 걸어도 현기증이 나는 나로서는 정말이지 범상치 않은 초인이었다. "하필 다리를 다치셔서…그 좋아하시는 산에도 당분간은 못 가겠네요?"라고 묻자 할머니도 진심으로 슬퍼했다.

난다 긴다 하는 명산들을 앞마당처럼 드나드는 그녀를 주저앉힌 건 얄궂게도 한 뼘짜리 계단이었다. 그 한 칸을 잘못 봐서 무방비한 상태에서 넘어졌고, 큰 충격을 받은 발목뼈가 댕강 부러진 것이었다.

우리 넷은 원래 알던 사이처럼 한참이나 수다를 떨었다. 점심밥도 같이 시켜 나눠 먹었다. 한국인은 역시 밥심인 건지(?) 재잘대며 식사를 마치자 슬픔도 어느새 사라져 있었다. 사실 나는 오랜만에 새로운 사람들과 친해져 약간 들떠 있었다. 바로 그때였다. 통유리로 된 병실 문너머로 바퀴 침대 하나가 지나갔다. 환자는 머리부터 발 끝까지 흰 천에 덮여 있었다.

"세상에. 누가 돌아가셨나 보다."

"그러게요. 근데 키가 너무 작은데… 설마 아이는 아 니겠죠?"

"노인네일 수도 있지, 쯧쯧."

할머니와 아저씨가 두런두런 주고받는 대화가 물속 에서 들리는 소리처럼 먹먹하게 들려왔다.

그때 내가 느낀 감정을 뭐라고 설명해야 할지 모르 겠다. 그것은 어떤 이상함이자 이질감이었다. 같은 병원 에 실려 와도 누군가는 죽고 누군가는 산다는 사실이 갑 자기 생경하게 느껴졌다. 내가 생각 없이 웃고 떠들 때 어 떤 사람은 목숨을 잃는 중이라는 걸 온전히 이해할 수가 없었다. 찰나지만, 시신과 나의 거리는 3m도 되지 않았 다. 삶과 죽음은 어렴풋이 상상하던 것보다 훨씬 가까웠 고, 나는 등 뒤를 스치는 그 거리감이 문득 두려워졌다. 언 젠가는 우리 부모님도 나도 흰 천에 감싸일 텐데, 그때를 미리 알 수도 짐작할 수도 없다는 사실을 실감한 것이다.

글이
안 써지세요?
저도요

지금도 새하얗고 막연한 것을 볼 때면 그때 내 눈앞을 스쳤던 시신의 모습이 떠오르곤 한다. 내가 가장 자주 접하는 흰색들은 흰 티, 흰 종이 같은 것들이다. 이상하게도 흰 티는 아무런 상념을 주지 않는데, 흰 종이는 수많은 미련과 감상을 불러일으킨다. 내가 죽어서 육체가 사라지는 날이 오면 그동안 쓴 글은 어떻게 될까 싶은 생각 때문이다.

솔직히 그 질문에는 양가감정이 든다. 내가 죽으면 나와 함께 모든 글이 사라졌으면 좋겠다 싶다가도 글이라도 남았으면 하는 바람이 동시에 생긴다.

어느 쪽이든 내가 할 수 있는 건 하나뿐이다. 언제 죽을지는 아무도 모르니 늘 주어진 지면에 최선을 다해야 한다는 것. 완벽한 글쓰기란 없기에 어떤 문장을 어떻게 써도 늘 후회가 남겠지만, 그럼에도 노력하는 수밖엔 없다고 생각했다.

하지만 원대한 다짐도 잠시, 현실은 내 알량한 의지력을 배신했다. 그날 병원에서 돌아온 후로는 정말 열심히 썼다. 병실에서 보고 듣고 느낀 바를 교훈 삼으려 메모도 했고, 밤늦게까지 두서없는 문장을 정갈히 다듬기도 했다. 그런데 일주일이 지나고 한 달이 지나자 당시의 절실함이 서서히 희미해졌다. 일상이 된 권태와 나태함이 다시 나를 짓눌렀고, 글쓰기는 점점 미루고만 싶은 업무로 전락했다.

그래도 변한 건 있었다. 예전에는 라면 끓이듯 후루룩 써낸 글이 많았는데, 이제는 태도가 조금 신중해졌다. 평범한 삶 속 사소한 순간들도 달리 보일 때가 많아졌다. 특히 싫은 사람이 생겼을 때, 남들과 부딪히는 순간이 생겼을 때의 감정이 많이 달라졌다. 예전에는 나와 의견 대립을 보인다는 이유만으로도 상대방을 헐뜯고 미워했었다. 하지만 이제는 미운 사람의 미운 의견 또한 그 사람 나름의 삶과 치열함에서 비롯된 것일 수 있다는 걸 어렴풋이 이해하게 되었다. 내일 죽을지도 모른다는 사실을 떠올리자, 애도의 마음에 묻힐 원한까지 붙들고 있을 필요는 없겠다는 생각이 들었다.

그날 병원에서 만났던 할머니는 어떻게 지내실까? 다리뼈는 잘 붙으셨을까? 다시금 튼튼한 다리로 '가평 날다람쥐'라는 별명을 탈환하셨을지 문득 궁금해진다. 흰

242

글이
안 써지세요?
저도요

천에 덮인 채 우리 곁을 지나갔던 누군가의 사연도 덩달
아 궁금해지지만, 더 깊이 상상하지 않은 채 명복을 비는
것으로 대신해본다.

흔히들 글은 머리가 아니라 엉덩이로 쓰는 거라고 말한다. 입시 공부를 하는 것처럼, 혹은 오랜 기도를 하는 것처럼 묵묵히 앉아 있는 시간이 좋은 글을 만든다고. 물론 이 말에도 어느 정도 일리가 있다. 대부분의 글이 긴 사유와 고민의 흔적 위에 쓰이기 때문이다. 게다가 춤추면서 쓸 수 없고 달리면서 쓸 수도 없으니 웬만하면 앉아 있는 수밖에…. 어찌 보면 물리적으로도 당연한 얘기가 아닐 수 없다.

글을 쓰는 사람이라면 마땅히 오래 앉아 있어야 한다는 규칙은 일종의 직업윤리 같기도 했다. 주변의 작가 친구들이랑도 비슷한 애길 자주 나누었다. "난 적어도 하루에 5시간 이상은 책상 앞에 붙어 있어", "글이 안 나오더라도 앉은 자리를 떠나면 안 돼"라는 말들이었다. 수험생이 '순공' 시간을 체크하듯 책상 앞에서 보낸 시간을 잰다는 지인도 있었다.

그런데 나는 요즘 '더 앉아 있기'보다는 '덜 앉아 있기'를 적극적으로 실천 중이다. 책상 앞에 오래 붙들려 있는다고 반드시 좋은 글이 나오는 건 아니라는 걸 깨달았기 때문이다. 더 정확히 말하자면, 내가 책상 앞에서 좋은 퍼포먼스를 내는 사람이 아니라는 걸 알게 된 것이다.

어떤 사람들은 책상에 앉기만 하면 스위치가 켜지듯 집중 모드가 시작된다고 한다. 주변 소음도 들리지 않고, 시간이 가는 것도 모르고, 오직 화면 속 글자와 물아일체가 된다고. 너무나 부럽지만, 사실 나는 그런 몰입감을 경험해본 적이 거의 없다. 오히려 작가라는 직업이 내게 가당키나 한지 의심이 들 만큼 집중력이 떨어지는 시간을 자주 보낸다. 책상에 앉기까지도 오랜 시간이 걸리지만, 앉고 나서도 온갖 잡생각에 괴로워지는 것이다.

나는 책상에 앉으면 주로 안절부절못한다. 멀쩡하다가도 작업만 시작하면 갑자기 배가 고프거나 목이 마르고, 졸리고, 춥거나 더워진다. 인간 굴뚝이 된 것처럼 수십 번의 하품을 연달아 하기도 한다. 멍하니 앉은 채로 어제 본 유튜브 영상, 내일 만날 사람, 다음 주로 미뤄놓은 약속과 10년 후 내 운명, 우리 지구를 위협하는 환경 오염까지 생각하다 보면, 이런 상태로 몇 시간을 앉아 있어봤자 그저 몸만 정지해 있을 뿐 별 의미는 없다는 확신이 들기 시작한다.

심지어 이런 상태로 억지로 글을 쓰려고 하면 더 큰 문제가 생긴다. 손가락은 키보드 위를 떠돌지만 제대로 된 문장이 나오지 않는다. 나오더라도 어색하고 부자연스럽다. 다음 날 그 문장들을 다시 읽어보면 '내가 이걸 왜 썼지?' 싶을 정도로 엉망인 경우가 대부분이다. 결국 지우고 다시 쓰기를 반복하다 보면 하루가 지나가고, 그렇게 며칠을 보내다 보면 마감이 코앞으로 다가온다.

글이
안 써지세요?
저도요

예전에는 이렇게까지 집중력 관리가 안 되는 나 자신을 탓하기만 했다. 의심도 했다. 역시 ADHD의 저주 때문일까? 아니면 직업적 배고픔(?)이 덜한 걸까? 엄연히 마감 시간이란 것이 있는데 나는 왜 이리 경각심이 부족한 건지…. 어쩌면 그런 마음에 더더욱 오래 앉아 있기라도 하려고 애썼던 것 같다. 결과물이 나오든 안 나오든 책상 앞에 앉아 불편하게 버틴 시간들이 일말의 양심 표현 같아서였다. 하지만 시간이 지날수록 모든 것이 의아하게 느껴졌다. 정작 중요한 글이 나오지 않는데, 내가 불편함을 자처하며 사서 고생하는 것이 무슨 의미가 있나 싶어서였다.

그래서 차라리 자주 일어서기로 했다. 글이 잘 안 풀려 머릿속이 고여 있을 때 몸이라도 흘러가길 바라서였다. 일어서서는 집안을 돌아다니기도 하고, 아예 산책을 나갈 때도 있었다. 중요한 것은 그때그때 제한을 두지 않고 즉흥적으로 행동하는 것이었다. 그러자 놀라운 일이 벌어졌다. 억지로 책상에 매여 있을 때보다 글쓰기 속도가 빨라진 것이다.

이유는 알 수 없지만, 내 방 내 책상 앞에선 도저히

떠오르지 않던 것들이 밖에서는 무궁무진하게 가능했다. 편의점 매대에서 문득 좋은 문장을 떠올리기도 하고, 설거지를 하다 갑자기 막힌 부분을 뚫을 아이디어를 발견하는 식이었다. 심지어 샤워기 물줄기 아래에서 다음 날 쓸 글감을 술술 떠올릴 때도 있었다.

더 신기한 건 이런 순간들의 빈도였다. 처음엔 우연이라고 생각했다. 한두 번쯤은 그럴 수 있다고. 하지만 점점 패턴이 보이기 시작했다. 산책을 나갈 때마다, 집안일을 할 때마다 비슷한 일이 반복됐던 것이다. 특히 걸을 때가 가장 효과적이었다. 발걸음에 맞춰 생각도 리듬을 타는지, 별다른 노력 없이도 막힌 글쓰기의 돌파구를 발견할 때가 자주 있었다.

그렇기 때문에 오히려 이런 행동들이 부적절하게 느껴지기도 했다. 계속 자리를 뜨는 습관이 굳어지진 않을까, 그래서 집중하기 위해서 더 산만해지는 사람이 되진 않을까 걱정이 되어서였다. 그러나 반복되는 짧은 휴식은 머리를 환기시켜주고, 오히려 작업 과정에 실마리를 가져다준다는 걸 깨닫게 됐다. 앉아서 붙들고 있을 땐 보이지 않던 내 글의 문제점이 조금 떨어져서 볼 땐 명확히 보이는 것도 장점이었다.

결국 나는 확신하게 되었다. 나는 책상에 앉아서 글을 쓰는 사람이 아니라, 책상 밖에서 글을 만들어오는 사람이었던 것이다. 책상은 내게 창작의 공간이라기보다 정리의 공간이었다. 여태까지의 글쓰기에서 심하게 거부감을 느꼈던 것도, 모름지기 글은 엉덩이를 딱 붙이고 써야 한다는 중압감 때문이었을지 모른다. 지금 생각하면 웃음이 나는 일이다. 글쓰기란 결과물을 보여주는 활동이지, 과정을 전시하는 일이 아닌데 왜 그렇게 선입견에 시달렸을까?

바로 이 글도 10분씩 걸으며, 커피를 내리며, 빨래를 널며 쓴 글이다. 예전의 나라면 '왜 이리 정신 사납게 구냐'며 스스로를 다그쳤을 행동들이 이제는 자연스러운 작업 과정의 일부가 되었다. 오래 앉아 있을 때보다 자주 일어설 때 작업의 밀도가 높아진다니, 신기한 일이라는 생각이 든다.

요즘 나는 친구들에게도 자주 우스갯소리를 건넨다. 나는 엉덩이가 아니라 발로 글을 쓴다고 말이다. 책상을 꾸미느라 너무 많은 돈을 썼다는 걸 생각하면 가슴이 아프기도 하지만 어쩔 수 없는 일이다.

글이
안 써지세요?
저도요

글쓰기의 세계로
들어가고 싶은 이들을 위한 Q&A

아이디어는 주로 어디서 얻으시나요?

저는 '아이디어를 내야 한다'라는 강박을 가질수록 오히려 아이디어의 씨가 마르는 타입이라서, 최대한 가볍게 생각하려 합니다. 그래서 단편적인 딴생각들을 계속 유도할 때가 많습니다. 생각과 생각 사이 잠깐씩 마가 뜨는 부분에서 좋은 아이디어가 떠오르기도 하거든요.

아니면 샤워를 합니다. 뭔가 고여있고 무거운 느낌이 드는 머리통에 물을 흘려보내면, 머릿속도 씻기는 느

낌이라 좋고요. 욕실 자체가 저만의 생각 부스가 되는 것
도 좋은 것 같아요. 불안증 환자처럼 다른 책, 웹툰, 다큐
멘터리, SNS, 뉴스 기사 같은 걸 엄청 빠르게 오가며 보
기도 해요. 내용을 훑는다기보단 겉으로 드러나는 단어나
키워드를 수집하는 거예요. 맘에 드는 단어들을 몇 개 주
워서 조개껍데기 목걸이처럼 엮어 아이디어로 만들 때도
있답니다.

**많은 사람이 "쓰고 싶은 건 많은데 어디서부터 시작해야 할지 모르
겠다"라고 말합니다. 글쓰기에 앞서 생각을 어떻게 정리하나요?**

저는 생각을 정리할 때 '질문 던지기'부터 시작합니다.
"내가 정말 하고 싶은 말이 뭐지?", "읽는 사람이 무엇을
얻어갈까?"를 먼저 묻는 것 같아요. 특히 "왜?"라는 질문
을 자주 합니다. "왜 그 이야기를 하고 싶은가?", "왜 그 이
야기를 할 수 없는가?" 등등…. 질문과 답이 좀 정리되면
첫 문장을 생각해요. 일단 첫 문장이 떠오르면, 거기서부
터 다음 내용의 얼개가 정해지는 경우가 많습니다.

글이
안 써지세요?
저도요

글을 쓰기 전에 플롯을 미리 다 짜놓으시나요, 아니면 쓰면서 전개하시나요?

쓰고자 하는 글의 분량에 따라 그때그때 다른 편입니다. 비교적 짧은 글을 쓸 땐 밑 작업 없이 처음부터 끝까지 한번에 써 내려가면서 일관된 톤을 유지하려 하고요. 호흡이 긴 글을 쓸 땐 어쩔 수 없이 큰 뼈대를 미리 잡아두곤 합니다.

뼈대를 미리 잡는다고 해서 거창한 건 아니고요. '이렇게 시작해서 저런 얘기들을 하고 요런 결론을 내겠다' 식으로 구조와 키워드를 잡아두는 정도입니다. 예전에는 어떤 글이든 즉흥적으로 쓰는 걸 선호했는데, 그러면 글이 꼭 중간에서 길을 잃더라고요. 초고가 너무 엉뚱해지면 퇴고할 때쯤엔 아예 다시 쓰는 게 나을 정도로 힘들어지곤 합니다. 그래서 길잡이가 되는 설정들이 꼭 필요한 것 같습니다. 이건 사실 스타일의 문제라기보다 경제성의 문제인 것 같아요. 써지는 대로 자유롭게 진행하는 게 훨씬 재미있지만 경제적이지는 않아요….

시작은 거창하게 했는데 끝맺지 못한 글들이 쌓여갑니다. 글을 꾸

준히, 끝까지 완성하는 습관을 들이기 위해 실천할 수 있는 방법들이 있을까요?

가장 중요한 건 '완벽주의 버리기'입니다. 많은 사람이 첫 문장부터 마침표까지 완벽하게 쓰려다 지쳐서 포기합니다. 초고는 추해도 됩니다. 일단 끝까지 쓰는 게 목표니까요. 저는 '추한 초고 쓰기 허가증'을 스스로에게 줍니다.

또 '작은 단위로 쪼개기'도 도움이 됩니다. '5,000자 에세이를 쓴다'라는 목표보다 '오늘은 도입부 300자만 쓴다'가 심리적으로 훨씬 덜 부담스럽죠. (정말 어렵지만) 매일 조금씩이라도 쓰는 습관이 중요한 것 같아요. 하루 100자라도 한 달이면 3,000자니까요.

그리고 '데드라인'을 정하세요. 마감이 있으면 괴롭지만, 마감이 없으면 한없이 늘어집니다. 마지막으로, 쓰다가 막히면 그 지점에 '[나중에 추가]'라고 표시하고 넘어가세요. 완벽하게 채우려다 멈추지 말고, 일단 끝까지 가는 게 우선이니까요!

퇴고 과정에서 가장 중요한 건 뭐라고 생각하시나요?

저는 '객관성'이라고 생각합니다. 방금 완성된 글은 오롯

글이
안 써지세요?
저도요

이 '나 자신'만을 담고 있지요. 나만의 생각, 나만의 경험, 나만의 의견들이 글이라는 형태를 빌려 세상에 태어난 것이니까요. 이 단계의 초고는 바로 그 나다움 때문에 과잉되고 불친절한 경우가 많습니다. 그래서 퇴고할 땐 철저히 독자가 되어보는 과정이 필요한 것 같아요. '나를 전혀 모르는 사람들이 읽어도 이해가 되겠는가? 거부감이 없겠는가? 흥미롭겠는가?'라는 기준을 꼼꼼하게 적용해보는 거죠. 내가 이 글을 쓰느라 얼마나 고생스러웠는지, 얼마나 많은 시간과 노력을 들였는지는 배제하고, 철저히 남의 시선으로 읽어보는 것입니다. 그러다 보면 스스로는 멋있다고 생각했지만, 실은 흐름을 방해하고 있던 내용들이 속속 보입니다. 때론 너무 많은 문장들을 들어내게 되어 허탈하기도 하지만, 개인적으로 어떤 내용을 빼서 후회해본 적은 없는 것 같아요. 군더더기 문장들이 자리를 비워줘야 더 좋은 내용으로 채울 자리가 생기기도 하고요.

한 인터뷰에서 좋은 글은 문장끼리 자연스럽게 손을 잡고 있다고 하셨죠. 글의 흐름을 매끄럽게 만드는 작가님만의 노하우가 있다면 공유해주실 수 있을까요?

여러 문장을 하나의 글로 엮어주는 힘은 '연결고리'에 있습니다. 각 문장이나 문단의 끝이 다음 것의 시작으로 자연스럽게 이어져야 해요. 예를 들어 주제가 '고양이 키우기'라면 다음 문장은 어쨌든 고양이여야 하고, 끝날 때까지 고양이여야 합니다. 똑같은 이야기만 하라는 게 아니라 고양이에서 벗어나지 말라는 것이죠. (물론 '반면 강아지는'이라는 식으로 아예 변주하는 것도 얼마든지 가능합니다.)

또 하나는 리듬입니다. 짧은 문장과 긴 문장을 적절히 섞어야 글이 숨을 쉬는 것 같아요. 짧은 문장 여러 개 후엔 긴 문장으로 여유를 주고, 긴 설명 후엔 짧은 문장으로 강조하는 식입니다. 저는 초고를 다 쓴 후엔 (혹은 쓰는 중간에도) 반드시 입으로 중얼중얼 읽어 봅니다. 입 발음에서 걸리는 부분이 있으면, 대개는 흐름이 막힌 지점일 때가 많아요.

마지막으로 이건 저도 너무 못하는 부분이긴 하지만, 불필요한 접속사를 과감히 빼보세요. '그리고', '그래서', '하지만'을 남발하면 오히려 딱딱하고 어색해질 때가 많습니다. 접속사를 많이 쓰는 버릇이 들어버리면 정말로 고치기 힘들기에, 꼭 한번 점검해보라는 말씀을 드립니다. 사실 저는 '하지만'과 '그러나'를 굉장히 많이 쓰는 편인데, 이미 고칠 수 없는 영역으로 간 거 같기도 하네요….

요즘 워드, 한글과컴퓨터, 스크리브너 등 글쓰기 도구가 정말 많아요. 작가님이 실제로 사용하시는 툴을 추천해주실 수 있나요?
워드는 어려워서 잘 쓰지 않고, 파일 형식만 워드로 바꿔 제출하는 경우가 많습니다. 한글과컴퓨터도 유료구독하고 있지만 출판사랑 소통할 때만 사용하고…. 실제로 가장 많이 쓰는 툴은 '아이폰 기본 메모장'과 'Bear', 'UpNote'라는 앱입니다.

저는 주로 스마트폰으로 글을 쓰면서 컴퓨터 앞과 침대 위를 오가기 때문에, 폰과 컴퓨터 간 즉시 연동이 되는 앱이 필수입니다. 한마디로 '폰에서 쓰다 컴에서 쓰다, 눕다 앉다'가 되어야 하는 것이죠. 위에서 말씀드린 메모 앱 세 개가 바로 그 점에서 편리하기 때문에, 가장 즐겨 쓰고 있습니다.

좋은 제목을 뽑는 비결이 있나요?
사실 저도 좋은 제목을 짓지 못하는 병에 걸려 있습니다.

아주 간혹 '이것 외엔 없다!' 싶은 제목이 생각나기도 하지만, 그런 경우는 말 그대로 드문 것 같습니다. 요즘에는 AI에게 많이 물어보는 편입니다. 본문을 주고 "이 글에 어울리는 제목 몇 개를 추천해 줘"라고 주문하면 순식간에 5~6가지 제목을 추천해 주더군요! 장난하나 싶은 경악스러운 아이디어도 있지만, 어쨌든 나쁜 사례조차 내 글에서 추출한 것이니 힌트가 되긴 합니다.

이론상 좋은 제목은 보통 다음 기준을 충족하는 것 같습니다. 글의 핵심 메시지를 한 문장으로 압축하거나, 독자의 호기심을 자극하는 질문이나 역설을 담거나, 가장 인상적인 문장이나 표현을 그대로 가져오는 것이죠. 때로는 제목을 먼저 정하지 않고 글을 다 쓴 후에 고민하는 것도 방법입니다. 글이 완성되면 어떤 부분이 가장 강렬했는지 명확해지거든요.

그래도 막막할 때는 내가 좋아하는 글의 제목들을 유심히 보는 것도 도움이 됩니다. 내가 보통 어떤 제목을 클릭하게 되는지, 왜 그 제목이 기억에 남는지 분석해보면 나름의 패턴이 보이기 시작하거든요.

글이
안 써지세요?
저도요

하루 중 언제, 얼마나 글을 쓰시나요?

아마도 ADHD 때문이겠지만… 정해진 시간에 꾸준히 쓰는 건 잘 되지 않습니다. 낮에도 능률이 떨어지고요. 보통 마감이라는 먹구름이 발끝쯤 드리우기 시작하면 부랴부랴 시작하는 것 같습니다. 대신 한 번 쓰기 시작하면 열몇 시간은 그냥 이어지는 경우가 많아요. 조금씩 꾸준히 쓰는 타입은 아니고, 수명 깎아 먹는 걸 알면서도 매번 밤새고 후회하고를 반복하는 스타일입니다. 36시간 만에 잠들어서 15시간 기절하는 날도 종종 있고요.

평소 일하느라 글 쓸 시간이 없는데, 회사를 그만두고 글을 써도 될까요?

이 질문에 "네"라고 하면 악마 아닐까요?! 회사를 그만두면 엄청난 열정으로 글쓰기에 매진하게 될 거 같지만, 저의 경험상 그렇지는 않았습니다. 오랜만에 되찾은 소중한 자유시간, 놀고 싶은 마음에 글쓰기 따윈 안중에도 없어지고요…. 의지로 안 되는 일이랑 변수도 너무 많아요. 루틴과 고정 수입을 동시에 잃어 정신적으로 엄청 불안해질 수도 있어요. 그러면 글쓰기 효율은 더 떨어지고요.

---

① 이미 부업 글쓰기로 충분한 수입이 나오고 있거나

② 언제든 마음만 먹으면 재취업이 가능하거나

③ 누군가의 생활비 지원이 있을 땐 해볼 만한 거 같아요.

그런데 전업작가라는 것도 생각보다는 재미없어요. 먹이통이 빈 채로 좁은 집에 갇혀버린 뚱뚱한 새가 된 기분이 들 때가 많아요. 이미 뚱뚱하니까 당장 죽지는 않겠지만 먹이통이 계속 비면 결국은 죽겠죠?!

초보 작가에게 가장 중요한 조언을 해주신다면요?

모든 면에서 너무 치우치지 말라고 말씀드리고 싶습니다. 너무 자만하지도 말고, 자신을 비하하지도 말고, 무작정 긍정하지도 말고, 그렇다고 부정적이지만 말고, 남의 말에 너무 휘둘리지 말고, 그러면서도 도움이 될 말들은 소중히 골라 듣고….

글을 오래 쓰기 위해선 실력보다 오히려 중심 잡기, 멘털 잡기가 더 중요한 것 같아요. 사실 작업 방식도 하루에 몇 시간 정해놓고, 정해진 분량을 성실히 소화하는 게 좋다고 생각합니다. 저처럼 극한 밤샘과 극한 수면을 반

글이
안 써지세요?
저도요

복하는 건 정말 나쁜 예입니다….

문체란 어떻게 만들어지나요?

아주 많은 사람을 닮아가다가 결국은 아무도 아니게 되었을 때쯤 나오는 목소리가 진짜 내 것 아닐까요? 그래서 많이 읽는 게 참 중요한 것 같아요. 남들의 글을 다양하게 흡수하다 보면, 내 글을 제삼자의 시선으로 판단하는 감각도 덩달아 자라는 듯해요.

그런데 한 사람이 꼭 하나의 문체만 갖는 것도 아닌 것 같아요. 그리고 문체라는 게 고정불변도 아니고요. 저는 사실 제 문체를 싫어해요. 말투랑 비슷해서요. 바꾸고 싶어서 노력 중인데, 잘 되진 않고 있답니다.

글쓰기 실력을 늘리려면 어떤 책을 읽어야 하나요?

이 질문의 답은 이미 오래전부터 정해져 있다고 생각합니다. 바로 자신이 쓰고 싶은 분야의 글을 많이 읽는 것입니다. 에세이를 쓰고 싶다면 좋은 에세이를, 소설을 쓰고 싶다면 좋은 소설을 많이 읽어야겠죠. 좋은 글을 반복하여 읽으면 어쩔 수 없이 영향을 받을 수밖에 없습니다. 굳이 분석적으로 읽지 않더라도 자연스럽게 그 분야 특유의 리듬감과 분위기, 구성의 묘미, 다채로운 표현력이 학습되기 때문입니다.

저도 노력 없이 노하우만 쌓고 싶은 욕심에 여러 가지 편법을 시도해 봤으나 효과적인 건 없었습니다. 글쓰기에서만큼은 가장 느리고 가장 힘든 방법이 최고의 훈련법인 것 같습니다. 좋은 글은 자주 읽어야 '내가 쓰고 싶은 스타일', '내가 쓸 수 있는 스타일' 사이에서 타협점을 찾기도 쉬워집니다. 막연히 '이런 글을 쓰고 싶다'라는 동경만 품고 있다가도, 실제로 그런 글들을 여러 번 읽다 보면 내 역량으로 소화할 수 있는 부분과 아직은 버거운 부분이 구분되기 시작하고요. 그렇게 되면 현실적으로 도달할 수 있는 목표를 세울 수 있게 되고, 조금씩 그 목표에 가까워지는 과정도 즐길 수 있게 됩니다.

요즘 각종 OTT 드라마와 영화, 유튜브 영상, 예능까지 리액션할 거리가 넘쳐나죠. 작가님은 이런 콘텐츠들을 어떻게 글감으로 소화하시나요? 단순한 감상평을 넘어 자기만의 글로 만드는 과정이 궁금합니다.

글이
안 써지세요?
저도요

콘텐츠를 소비할 때 저는 "이게 왜 내 감정을 건드렸을까?"를 계속 자문합니다. 좋은 후기든 나쁜 후기든 마찬가지로요. 예를 들어 어떤 드라마를 보고 울었다면, 그 장면 자체보다는 '왜 울었는가'에 집중해보는 편이에요. '주인공의 상황이 내 과거와 닮았나?', '대사 중 어떤 단어가 마음을 찔렀나?' 그러다 보면 콘텐츠는 촉매제가 되고, 궁극적으로는 내 이야기와 닿게 되거든요. 단순 감상평은 "이 드라마 좋았다" 정도로 끝나지만, 좋은 질문을 던져주는 콘텐츠는 글쓰기 친구처럼 내 작업에 계속 영향을 줍니다.

인스타그램, 블로그, 브런치처럼 불특정 다수에게 공개되는 플랫폼에 글을 올릴 때에는 많은 용기가 필요한 것 같아요. 많은 사람에게 읽히는 글을 쓰고 싶지만 겁이 많은 사람들에게 어떤 마음가짐을 권하시나요?

저도 처음으로 브런치에 제 글을 공개했을 때 약간은 두근거렸어요. '욕먹으면 어떡하지?', '모두들 나를 손가락질하면 어쩌지?' 하는 두려움이 있었죠. 하지만 곧 깨달은 게 있어요. 비난을 받기 위해서도 생각보다 많은 '관심'

이 필요하다는 사실이었어요. 인터넷 세상에서의 관심은 일종의 재화라서, 칭찬이든 비난이든 쉽게 주어지진 않아요. 처음 글을 쓰는 사람이라면 이 점에 안심해도 될 것 같아요. 대부분의 글은 (소위 '어그로'라 불리는 포인트가 없는 이상) 무반응으로 끝나거든요. 그럼에도 누군가에겐 닿기에, 묵묵히 쓰는 게 중요합니다.

공개 글쓰기의 핵심은 '나를 위해 쓰되, 타인을 배려하는 것' 같습니다. 아무도 안 읽을 수도 있지만, 적어도 내가 읽고 있으며 언제든 누가 읽어도 상관없는 글을 쓴다는 마음가짐 정도면 되지 않을까 싶어요. 글을 올릴 때 조회수나 '좋아요'에 일희일비하지 마시란 이야기도 드리고 싶어요. 대신 '이 글이 단 한 사람에게라도 위로가 됐다면 성공'이라고 생각하는 게 편합니다. 실제로 정성 어린 댓글 하나가 100개의 AI '좋아요'보다 힘이 되기도 하고요. 그렇다고 부당한 악플을 그냥 넘기지도 마세요. 비판 아닌 비난은 정당하고 건강한 평가가 아니라 폭력일 뿐이니까요.

글이나 작가님에 대한 악평은 어떻게 받아들이시나요?

글이
안 써지세요?
저도요

가끔 맞는 말도 있어서 일단 쓴소리인지 악플인지 구분부터 하고, 받아들일 건 받아들입니다. 그리고서 가만히 서 있으면 나쁜 말들이 나를 통과해 지나갑니다. 허허허. 저는 저에게 진짜 상처를 줄 수 있는 권한은 자기 자신한테만 허락된다고 생각합니다. 이 개념을 항상 다짐처럼 되뇌곤 해요. 그냥 내 세상의 규칙이에요. 남들은 내게 너무 큰 상처를 줄 수는 없어요. 그리고 사람들은 생각보다 쉽게 실망해요. 그냥 자기랑 다르다고 생각한 순간, 대상에 품고 있던 일체감에 균열이 가는 순간, 바로 실망해버려요. 그래서 "당신한테 실망했어요"라는 말은 사실 "우리 서로는 너무 달라요"라는 말과 같은 거예요. 그렇게 생각하면 그 말은 별로 무섭지 않죠. 내가 잘못했다는 게 아니라 내가 그 사람의 기대대로 행동하지 않았을 뿐이니까요. 그런데 또 사람들은 생각보다 쉽게 남을 좋아하기도 해요. 영원히 그 사이 어딘가를 오가며 사는 것 같아요.

비평이나 피드백을 받을 때 어떤 자세로 받아들여야 할까요? 모든 의견을 수용해야 하나요, 아니면 무시해야 하나요?
피드백은 '선택지'이지 '규칙'이 아닙니다. 모든 의견을 다

받아들이면 내 글이 아니라 합작품이 되고, 모든 의견을 무시하면 성장이 멈출 거예요. '0 아니면 100'이란 식으로 피드백을 수용하지 말고, 그 안에서 패턴을 찾는 게 중요한 것 같습니다. 10명이 피드백을 줬는데 7명이 같은 부분을 지적한다면, 그건 진짜 문제일 가능성이 높습니다. 반대로 한 명만 지적한 건 그 사람의 취향일 수 있겠지요. 또 '누가' 피드백을 주는지도 중요해요. 나와 내가 쓰는 글을 충분히 이해하고, 애정을 갖고 읽어주는 사람인지 생각해봐야 합니다. 피드백을 받을 땐 감정적으로 반응하지 말고, 어느 정도 시간을 두고 다시 헤아려 보세요. "이 지적을 따르면 내 글이 더 나아질까?"를 냉정히 판단해보는 거죠. 어렵지만 귀는 열되, 중심은 지키는 자세가 중요한 것 같습니다.

글쓰기 모임이나 클래스에 참여하는 게 도움 될까요? 혼자 쓰는 것과 함께 쓰는 것 중 어떤 게 더 나은가요?

둘 다 좋은 방법인데, 뭐가 더 좋다기보단 사람 성향을 많이 타는 것 같습니다. 저는 보통 혼자 쓰고, 편집자님이랑만 소통하는 편입니다. 글쓰기는 본질적으로 고독한 작업이지만, 완전히 혼자서만 하면 함정에 빠지기 쉽습니다. 글쓰기 모임의 장점은 '동료가 주는 건강한 압력'과 '다양한 시각'이리라 생각합니다. 매주 모임이 있으면 마감 효과가 생겨서 게을러지기 어렵고, 다른 사람의 글을 읽으면서 "이런 방식도 있구나"를 배우게 됩니다. 특히 초보 작가에겐 모임이 큰 도움이 되겠지요. 혼자면 포기했을 순간에 동료들의 존재와 응원이 버팀목이 되거든요.

하지만 모임이 '비교와 경쟁'의 장이 되면 독인 것 같습니다. "저 사람은 나보다 잘 쓰네"하며 위축되거나 모임의 분위기에 맞춰 쓰게 되면 본인의 목소리를 잃어요. 그래서 제 답은 일단 본인의 성향을 이해하라는 것입니다. 동료들의 존재가 동기부여로 작동하는지, 위축감만 주는지를 먼저 생각해봐야 해요!

글이 안 써지세요? 저도요

1판 1쇄 인쇄 2026년 2월 2일
1판 1쇄 발행 2026년 2월 25일

지은이 정지음
발행인 박현진
본부장 김태형
책임편집 박지수
책임마케팅 전강산
오리지널사업팀 이지향, 고혜원, 김가연, 이민해, 이유림, 이유진, 한미리
디자인 이지선
일러스트 허지영
제작 세걸음
펴낸 곳 ㈜kt 밀리의서재
출판등록 2017년 1월 5일(제2017-000008호)
주소 서울특별시 마포구 양화로45, 18층(서교동 메세나폴리스 세아타워)
메일 contents@millie.town
홈페이지 http://www.millie.co.kr
ISBN 979-11-6908-711-7(03800)